カラフルメリィでオハヨ ～いつもの軽い致命傷の朝～

ケラリーノ・サンドロヴィッチ

白水社

GOOD MORNING with COLORFUL MERRY

Keralino Sandorovich

カラフルメリィでオハヨ　～いつもの軽い致命傷の朝～

目次

装幀………高橋歩

1

真白な舞台は上下段に分かれており、階段で行き来することができる。
さらに上段は下手、中央、上手と、微妙に高さが異なる。
緞帳《どんちょう》上がるとともに音楽入る。
上段中央にはパジャマ姿のみのすけ少年の姿が浮かび上がる。

みのすけ　おはようございます。久し振りに、起きたんだなぁ、って思っています。毎日、窓のないこの部屋に横たわっていると、一日一日がその区別を失って、なんだか、のっぺらぼうな時間の海を漂っているだけのような気がしてくるんです。それでも少し前までは目が覚めると同時に、まず、一度は起き上がってみることができたものなんですけど、最近は目覚めてから少なくとも一時間は布団をかぶってます。もう歳なのかな。僕ももう今年で……（自分の歳を数えようとして、わからず）

少年のみのすけ、（小さな廻り舞台によって）ゆっくりと回転しはじめ、背中合わせになっていた老いたみのすけ（＝祖父）と最終的には入れ替わる。

少年のみのすけ　……とにかくもう随分長い間ここにいますからね……いつの間にか、
老みのすけ　いつの間にか、

少年のみのすけ　妻も兄弟も見なくなりました。
老みのすけ　妻も兄弟も見なくなりました。
少年のみのすけ　父や母はいたはずですよね。
老みのすけ　父や母はいたはずですよね。
少年のみのすけ　ええ、いたはずです。
老みのすけ　ええ、いたはずです。だけどもうそんなことはどうでもいい。どうでもいいことです。
え？　目覚めてからいつも考えていることですか？　そうですねえ……あれは本当にあったことなのかなぁ、ずっとずっと昔、暑い夏の晩に、じいちゃんが枕元で話してくれた、カラフルメリィの話。

波の音とともに上段暗くなり、下段に明かり入る。
みのすけ少年を先頭に、病院の入院患者、丸星、杉田、岬、宝田が中央より現われる。

みのすけ　みんな、いるな？　（皆、うなずく）いくぞ！

と行こうとすると、人の気配。

みのすけ　誰か来る！

皆、来た方向へ逃げ戻る。杉田が転んだ。

杉田　ああ！
みのすけ　杉田！
丸星　杉田！

みのすけと丸星、杉田を助け起こし、去った。すぐに、一昔前の特撮ヒーロー物に登場する悪役のような服装をした医者と三人の看護婦（上石、五本木、向原）が四方からやってきた。

医者　どうだ！　いたか!?
看護婦達　いいえ（とか）いません（とか）
医者　おのれ比留間《ひるま》の奴、窓ひとつないこの病院から抜け出せるとでも思ってるのか。（時計を気にして）見つけたらどうしてくれよう。
上石　はい。（と手を上げた）
医者　はい。（と指した）
上石　両腕をもぎとってやります。
医者　（ひどくおどろいて）両腕を!?
上石　はい。
医者　あそう……まあな、切断後二時間以内なら接続も可能だから……むろん輸血を施して、その上で細胞が死んでなければの話だけど……

看護婦三人は溜息まじりにうなずいたりしていた。

医者　ま、その時はその時だ。しかし比留間の奴、いったい何処《どこ》へ行ったんだ。もし見つけたら、
五本木　どてっ腹に風穴をあけてやります。
医者　マジ!?
五本木　マジ。

医者　どてっ腹に風穴か……。（心配そうに）風穴の大きさは？
五本木　特大。
医者　特大かあ……どてっ腹ってどこだ。
五本木　（一瞬考えて）巣鴨《すがも》の次です。
医者　それは大塚だろ！　どういう間違いだ。
五本木　ですが……
医者　ですがもへったくれもない！（と言ってからハタと）へったくれってなんだ。
看護婦達　さあ。（と悩んだ）

と、突然、向原が医者に、

向原　大変です。比留間だけでなく四一一号室の杉田と丸星、四一二号室の岬と宝田も見あたりません。
医者　遅い！　言うのが遅い！
向原　（ものすごい早口で同じセリフを言う）
医者　早い！　よし、捜せ。

看護婦達、四方に散る。
波の音。
上段中央に明かり入ると、そこはいつかの静かな、夏の夜。
祖父（＝老みのすけ）の部屋の前にやって来た父。

父　（ふすまの外で）とうさん……とうさん……もう寝ちゃったかい……入るよ。

父、ふすまを開けて祖父の部屋へ入った。祖父、そちらを見はするが、わかってるのかわかってないのか、これといった反応はない。

父　起きてたのか……。（微笑んで）さっき村田さんから電話あったよ……下田の村田さん。村田さん困っていたぞ、何度かけてもとうさんが〝こちらドクロ城です〟って言って切っちゃうって。うちは悪の巣窟《そうくつ》かい？　比留間だろウチは。駄目だよ嘘ついちゃ。な。（と、いたわるように祖父をじっと見る）まあ、いいんだけどな。村田さんちの花代ちゃん、結婚するんだってさ、……あんな小っちゃかった花代ちゃんがもう花嫁さんだって。俺達も歳をとるハズだよなぁ……今度いっぺん下田帰ってみるか、なぁ……。

祖父は何も言わず、どこか一点を見つめている。

父　（立ち上がって）ちゃんと布団かけてな。風邪ひかないようにしろよ。

と、その時、突然、祖父が、行こうとした父の背中に向かって言った。

祖父　お前こそ風邪ひくなよ。
父　！……（振り向いて）わかるのか……!?　本当にわかるのか!?
祖父　何言ってんだ……。

父、ハタから見るとどうかと思うぐらい歓喜して、祖父に向かって自分を指し、

父　俺俺俺、誰だ!?

祖父　義彦、（と何か続けようとするが）

父　（遮《さえぎ》って）ピンポーン！　やった！　大正解だ、とうさん。じゃあ、じゃあな、これはなんだ、これ!?（と自分のしている腕時計を指した）

祖父　……。

父　ヒント①《まるいち》うでなんとか！　うで○○○！　ヒント②《まるに》うで○○。　ヒント③《まるさん》うでどけい！

祖父　義彦！

父　あ、やっぱりちょっと難し過ぎたか。時計っていうのはな、あ、その前に腕っていうのは……

祖父　なにを言ってるんだお前……

父　え。

祖父　父親をバカにするもんじゃないよ。それはお前が就職した時にとうさんが買ってやった時計だろ。

父　うん。

祖父　それでこれが、（と自分の腕を見、時計をしてないことに気づき）あ……

父　とうさんの時計か!?　下の部屋にあるよ、待ってろ、すぐ持ってくるから、待ってろ、ハハハハハハ！

父、歓喜しながら階下へと去る。

祖父、やがてボソリと。

祖父　義彦……そんなことより、早くここから出してくれないかな、この病院から……ここにはどうやらいないみたいなんだよ、彼女は……

明かり、波の音とともに上段明かり、暗くなる。

波の音。

みのすけ、階段を降りて逃げてくる。四人の仲間も一緒のようだが我々の目には見えない。

みのすけ　（人がいないことを確認して）大丈夫だ。

と、その時、同じような髭《ひげ》を生やした四人のガンマン達が不敵な笑みと共に現われた。

みのすけ　！

ガンマン達　フフフフフ！

みのすけが見ると、バルコニー上に医者と三人の看護婦達がやはり不敵な笑みを浮かべながら現われる。

看護婦達　（現われながら）早撃ちガンマンカルテット。

みのすけ　ちくしょう！

医者　（余裕の笑みで）彼らは〇・〇三秒の早さで、

と、まだ説明が終わる全然前にガンマン達、ものすごい早撃ちでお互いを撃つと全員死んだ。みのすけ、逃げた。

間。

医者　しまった。

上石　早撃ちは早撃ちなんですよね、ものすごく。ただ、さすがに、だれを撃てばいいかまではわからなかったんですね。
五本木　（サバサバと）でも、ま、あれだけできれば上々よ。
向原　何が上々よ、バカ。八十五点てとこね。
医者　零点《れい》だよ零点！　なに高得点つけてんだよバカ！
看護婦達　（口々に不満を述べ）零点てことはないんじゃないの、いくらなんでも、あんた。
医者　あんたって言うな！　なにが早撃ちガンマンカルテットだ。
上石　まったくです……でも見て、やすらかな死に顔……

看護婦達、ガンマン達の死に顔を見てうっとり。

医者　うっとりしなさんな！　早く捕まえんと時間がないだろう！　（と腕時計を見る）

父が駆け寄って来る。

父　あの、それ、うちのオヤジの腕時計だと思うけど。
医者　あ、ごめんなさい。あ、ごめんなさい（時計をはずして父に返し、看護婦達に）捜せ！
皆　はい！

なぜか死んでいたガンマン達も返事すると起き上がり、走り去って行った。
波の音とともにそこは再びあの夏の日の夜。
居候の浪人生、浩一が祖父の部屋に入ってくる。

浩一　はいおじいちゃん、お今晩は。

浩一、祖父のふところからサイフを出すと、手慣れた手つきで中から一万円札を一枚抜きとった。

浩一　はい、おじいちゃん毎度あり。

浩一、サイフを戻し、去ろうとする。

祖父　（浩一の背に）おい待て。
浩一　あれ、おじいちゃん、いま喋ったぁ!?
祖父　いま抜き取った一万円札はなんだ。
浩一　（茶化すように）あれ、しかもまともな人みたいなこと言っちゃって。どうしちゃったの？
祖父　浩一。
浩一　はいはい。
祖父　かねてから言おう言おうと思っていたんだがな……悪縁契り深しとは言ったもんだが、いい加減お前をこれ以上この家に居候させておくわけにはいかん。
浩一　……。
祖父　そんなに金が欲しけりゃ、せんべつだ、持ってけ。
浩一　おじいちゃん……（突如大声で）このじじい！（と祖父を蹴り倒し）いままで知って知らねぇフリしてやがったのかこの野郎！　追い出すつもりかてめえ。ボケたフリなんかしやがって、このくそじじい！（と祖父につかみかかる）

そこへ娘の奈津子が飛び込んできた。

奈津子　何やってんの！　離しなさいよ！　ちょっと離しなさいってば！
浩一　（離れて）あ、なっちゃん。言っちゃうけどさ、俺、持ってるんだよ。コピー。
奈津子　（ひどく動揺するが）何言ってんのよ……
浩一　なっちゃんの写真のコピー。
奈津子　（動揺を隠そうとしながら）おじいちゃん、大丈夫？
祖父　なんだ、コピーって……
奈津子　何でもない。（浩一に）ちょっと。
浩一　どうする？　安くないよ。
奈津子　ちょっと来てよ。

奈津子、落ちていた一万円札を拾う。

奈津子　？

浩一、その一万円札を奈津子の手から乱暴に奪い取った。

奈津子　……。

奈津子、去った。

浩一　（祖父に）だけど、あんた墓穴掘ったよ。何言ったって誰も信じちゃくんないよ。

父が来た。

浩一　（とっさにとりつくろい）あ、どうも。
父　何ガタガタやってんだ。浩一くん、君もどうだ。たまには勉強の手を休めて、下で一杯。

とヤケに機嫌が良いので、

浩一　何だ、気味悪いなぁ……。今日はどうしちゃったんですか、皆さん。

浩一、去った。

父　父さん、時計。

父、祖父に時計を渡す。
波の音。
みのすけが出て来て走り去ろうとすると、医者達が出てくる。

医者　もう逃げられないぞ
みのすけ　絶対戻らないぞ！
医者　早く病室へ戻りなさい。さあ！　早く！　病室に！　戻りなさい！

それで、医師はなぜか唄い出す。
それは次のような歌詞なのではないか。

医者　（唄って）そして　病院を　抜け出すな　とどまれ比留間くん　おとなしく病室へ
おもどり比留間くん　いま君が見ている風景は夢じゃない現実だよ　とどまれ比留間くん

逃げ出そうとしたって無駄だよ　地球は丸い　だから病院を抜け出すな　とどまれ比留間くん　おとなしく病室へ　おもどり比留間くん

と、ここまでに、ギター、大正琴、バイオリン、コーラスの伴奏がつく。
しかし突然、すべての演奏をかき消さんばかりの大太鼓の音が大きく聞こえて来るので、皆、演奏をやめた。
五本木が巨大な太鼓をたたきながら「ヤー！」とか「オー！」とか言って現われる。

五本木　（どういうつもりか）ターイ！
医者　タイって……。

明かり消えると同時に波の音。
すぐに上段中央に明かり。
父、祖父が座っている。

父　父さん。もう忘れちゃったかな……俺が小学校に入る前だよ……まだ母さんも元気だった……父さんと母さんと俺と三人で、夕方、駅前の商店街を歩いていた時に、突然俺が泣き出したの、覚えてないかな……あれさ、街角にいた易者がこわかったんだよ……なんか、目で追うんだよな、俺のこと。ギラギラした目でさ、追うんだよ。なんだか「お前には今日良くないことがあるぞ」って言われてるみたいでさ、こわくなっちゃって。

父、祖父を見る。

祖父、父を見て微笑んだ。

父　馬鹿みたいだろ。馬鹿みたいなんだよ。でももっと馬鹿みたいなのはこれからだよ。俺、まだその頃漢字読めなかったから、占《うらない》って文字をトロって読んだんだよ、カタカナだと思って。それがまた気持ち悪くってさ、なんで易者が看板にトロなんて書いてんだろうって。本当は寿司屋になりたかったのかなって。（笑った）馬鹿だろ。馬鹿なんだ。

祖父　（ほとんど聞きとれないほどの声で、ボソリと）もうすぐだ……。すぐに会えるぞ。

父　（笑）その晩夢みてさ。俺は寿司屋で虫メガネ持ってるんだ。もしやと思って店の外へ出てみると、カタカナで「テソー」って書いてある。事情をきいてみると、その寿司屋は易者になりたかったというじゃないか。こいつはいいやと思って、俺はその「易者になりたかった寿司屋」に、昼間見た「寿司屋になりたかった易者」を紹介するんだ。お互いの職業を交替したらどうかって。そしたらその二人、声をそろえて俺になんて言ったと思う？　「スガモの次です」だって。なんだそりゃ。夢ってわかんないよな。

祖父　（目を閉じてボソリと）メリィ。

父　え。

母、入って来た。

母　お酒の用意できましたよ。

父　ああ。父さん、下で一緒に飲もう。

祖父　……。

祖父、目をつむったまま動かない。

父　父さん……

母　……!?

父　父さん……!!

祖父は目を閉じたまま動かなくなっていた。

波の音。

下段にみのすけ、杉田、丸星、岬、宝田が飛び出して来た。

みのすけ　見てみろ！　みんな見てみろ！　海だぞ！

全員　海だ！

みのすけ　俺達は自由だぞ！

全員　自由だ！　わー！

至福の一瞬。

風景、止まって――。

2

虫の声。夏の夜である。
階下で祖父の話を聞いているみのすけ。
二階では奈津子と浩一がそれぞれ自分の部屋でゴロゴロしている。（この景では上段上手が浩一の部屋、下手が奈津子の部屋にそれぞれ設定されている）

祖父　こうして、悪の大王は、わにに食べられてしまいました。そしてお姫様はいつまでも、いつまでも幸せに暮らしましたとさ。ところが。（終わってしまった）
みのすけ　ところがで終わりなのかい。じいちゃんの話、最近とってもスリリングだ。

母が来た。以下のやりとりのうちに、どうやらみのすけの姿は祖父にしか見えないらしいことがわかる。

母　おじいちゃん。
みのすけ　母さん、邪魔すんなよ。
祖父　（母に）おお、サラミさんか。
母　冬子ですよ。どこをどう間違えてサラミなんですか。
祖父　ああそうか。さっき食べてたからな、サラミ。
母　あれは甘栗ですよ。

祖父　甘栗のアは、サラミのサでしょう。
母　んん、私にはわかりませんせん難しくて。
祖父　（ニヤニヤして）大人になりゃわかることだって。
母　（思わずムッとしてしまい）大人ですよ私。
みのすけ　かあさん、邪魔《じゃま》だよ。
母　（みのすけの声は聞こえず）三十八ですよ私。
祖父　三十八か。
母　はい。
祖父　三十八は。（ありゃ駄目だ、という風）
母　（ますます頭に来て）なんですか!?　三十八はなんだって言うんですか!?
みのすけ　かあさん。
母　おじいちゃんだって三十八だったでしょう。
祖父　（それは意外で）え、いつ？
母　（やや口籠《くちご》もって）いつって、三十八の時ですよそれは。
みのすけ　あたりまえじゃない！
祖父　（深く感心して）ああそうですか。
みのすけ　感心しちゃうの!?
母　（怒り、おさまりつつあって）もう十二時ですよ。
みのすけ　じいちゃん。
母　お部屋に戻ってお休みになったらいかがですか？

みのすけ　（母に）余計なお世話だ。（祖父に）ね。
祖父　いま、みのすけに……話をな。
母　何言ってるんですか。みのすけさんはあなたでしょ。
みのすけ　みのすけさんは私です！
祖父　ああ……そうかね。しかしわしゃ、まだ眠くないんですよ。極楽ミネソタ娘。
母　はい？
祖父　極楽ミネソタ娘。
みのすけ　いいぞ、じいちゃん。
母　わざといいましたね……。
祖父　なにがだね？
母　あなた！

母、父を呼びに去った。

みのすけ　ざまあみろ。さあ、おじいちゃん、もっとお話聞かせてよ。
祖父　（みのすけのことを呼んでいるのか）サウザンアイランド。
みのすけ　え？
祖父　サウザンアイランド。（ここに座れと座布団を指す）
みのすけ　なんだよそれ、僕はドレッシングなのかい？

母が父の腕をひっぱるようにして連れてきた。

父　（呆れ顔で母に）何言ってんだよ、ミネソタはタマゴ売りだろう、（祖父に）なぁ、父さん。
祖父　おお、湯気のでるようなダッチョウおじさんか。
父　な……（絶句）
祖父　いやな、トンカツみがきのケストナー博士がもうそろそろいきなり一泳ぎだっていうから、いや私ゃまだまだらっきょう天国だよって。
父　父さん……。
祖父　（神妙に）つるつるてんか……。え、つるつるてんなのか？
みのすけ　なんだかわからないけど、すごいな……。
祖父　つるつるてんならつるつるてんてそう言えばいいじゃないか。私ゃ、ただあんた方のことをくそみそに言っとるだけだよ。くそみそのくはモヘンジョ＝ダロのピだ。
母　（父に耳打つように）よくもまあ、こう次から次へと出まかせを。
父　出まかせじゃない。父さんは本気だ。父さん。いいか父さん、聞くんだ。
祖父　ああ、聞くのはいいが、どこから聞くんだっけな。
母　耳よ、おじいちゃん、耳から聞くの。
父　そう、耳から聞くんだ。
みのすけ　なんて間抜けな質問をするんだ！
祖父　ああ、じゃあ、尻《しり》の穴ぁかっぽじって、
父・母　尻じゃない（わ）！
父　尻の穴をかっぽじったらとても汚いよ父さん、とても汚い。
母　やっぱりわざと間違えているのよ。

◉

「つるつるてんか……。え、つるつるてんなのか？」

奈津子、二階から降りて来ていた。

奈津子　うるさいなぁ、なにやってんの。
祖父　（奈津子に）おう、ニキニキちゃん。
奈津子　なによニキニキちゃんて。
父　うるさい！　ニキニキちゃんは部屋にもどってろ！　いいかい父さん、いまから父さんの愛読書を読む。
みのすけ　ユダヤ人ジョーク集だ。
父　二百十七ページのヤツだ。
みのすけ　二百十七ページ……海水浴のジョークだ。
母　おじいちゃんの一番のお気に入りのヤツね。
父　もし父さんがこのジョークを聞いてほんの少しでも微笑《ほほえ》めばそれは父さんに人間らしい心が残っている証だ。
みのすけ　そんなもんだろうか。
母　もし、ニコリともしなかったら？
父　そん時ゃ、そん時だ。
奈津子　ニキニキちゃんて何よ。
父　うるさーい！　父さん、いくよ！

父、二百十七ページを開いた。

父　（読んで）海水浴とヘブライ語。ドイツから移民してきたばかりのユダヤ人が海水浴に行った。急に深くなって背が立たなくなり、あわてて「ハツァルー、ハツァルー」と、ヘブライ語で助けを求める。監視人が助けて、笑いながらドイツ語で言う。「馬鹿だな。ヘブライ語の替わりに、泳ぎを覚えればよかったのに」

間。

緊張感。身をのり出す父、母、みのすけ。

祖父、まったく反応なし。

父　……！

父が本を閉じてあきらめかけたその時、祖父、唇をふるわせてブブブと奇妙な音をたてた。

父　（母に）おい！　いま笑っただろ！

母　いまのは違うんじゃありません？

奈津子　ブーブーやってるだけよ。

父　うるさい！　父さんは笑ったんだ。さあ、そういうことだから、もうみんな部屋に戻りなさい。笑ったんだから、笑った笑った。

父、追いたてるようにして母と奈津子を部屋に戻す。

父と祖父、そしてその風景をながめるみのすけだけが残った。

しばしの静寂。やがて祖父、再びブーブーと音を出しはじめる。

明らかに笑っているのではない。ただ、ブーブーやって遊んでいるだけだ。

父、ゆっくりと嗚咽しはじめる。

父　（泣きながら）笑ってる……。父さんが……、父さんが笑ってる。

音楽。

みのすけ　（観客に）父さんは泣いていました……泣いている父さんの横で、じいちゃんは、いつまでもいつまでもブーブーやっていました……

いつの間にか、浩一が階段の途中でこの様子を盗み見ていた。

浩一　（いやらしく笑って）ハハハハハ。

溶暗。

みのすけの声　しかしそれは初めてのことではありませんでした。じいさんの頭が少しずつ、少しずつ、巣鴨に近づいたのを、僕は知っています。今年の春、それは突然おこりました。

明転すると、そこはユダヤ人ジョーク集の一件より数か月前、その年の春先になる。

その頃、まだ祖父の頭は正常だった。

夕刻。テレビの音流れる中、祖父、浩一、奈津子がいる。祖父は新聞を読んでおり、奈津子はチョコレートを食べている。浩一はテレビを観る。母が台所から娘を呼ぶ。

母の声　奈津子。少しは手伝ってくれたらどうなの。

奈津子、しぶしぶと台所へ行く。

祖父　（新聞を見ながらなにかブツブツと小言を言っていたが）冬子さん。
母の声　はい。
祖父　お茶入れてくれませんか。
母の声　いま、お湯沸かしてます。
祖父　おい！　沸かしてるのは水でしょ。水を沸かしてお湯になるんですから。
母　（お盆を持って出て来て）そうですね……。
祖父　すでに沸いているお湯を沸かしたら……蒸発しちゃうでしょ！　ははあ……それを飲めって言うんですか私に。
母　いえ……
祖父　（遮って、空気中のお茶を飲む仕草をしながら）こうやって、こうやって、（母を見）え？（またやって）こうやって、こうやって、（母を見）え？　（さらにやって）こうやって。
母　すみませんでした。以後、気を付けます。
浩一　（突如高笑いして）ハハハハハハ。
母　可笑《おか》しいです？
浩一　いいえ。
母　だって、いま。
浩一　テレビですよ、やだなぁ（と母をじっと見る）

母　……。
祖父　晩飯は。
母　さっき義彦さんから電話があって、駅ですって。ちょうど帰って来る頃に食べられます。
祖父　（呆れた風で）うわぁ！　計算してたんだぁ。
母　はい？
浩一　（テレビを観ながら、なぜか不満そうにボソリ）最近の西城秀樹ってバカにやる気あるなぁ……
祖父　（母に）献立は何ですか。
母　エビグラタンです。
祖父　な、な、なんだそりゃあ!!
母　奈津子が食べたいって言うから。

このへんまでに奈津子、台所から戻って来ている。

祖父　そんなもんばっかり食わすから、たんぱく質の摂り過ぎで、狭心症や心筋梗塞《しんきんこうそく》の若者が増えるんだよ。（奈津子に）エビグロォ？
奈津子　グラタン。
浩一　奈っちゃん奈っちゃん、ガーガーゴーッペ、（と痰を吐くマネをして）グラタァン壺（とひどく嬉しそう）。
奈津子　ゲロゲロ、食べたくなくなった。
浩一　奈っちゃん奈っちゃん、それをストローでズルズル。（味わって）ん!!　グラタァン！（とかなんとか）

母　浩一君、本当に嬉しそうね……。いいの？　お勉強しなくて。
浩一　いいわけないじゃないですか。
母　……。
浩一　でも、飯でしょ。グラタァン。
祖父　どうせ来年も受かりゃしないよ。
浩一　(そりゃないよ、と笑いながら甘えるように) おじいちゃあん。
祖父　こんなやる気のないぐうたらが医者になってみろ。
浩一　ありますよやる気、すごく。西城秀樹ぐらい。
祖父　西城？
母　今日も昼間、下田から、おかあさんから電話あったわよ。浩《こう》ちゃんはきちんと毎日予備校通ってますかって。
浩一　ハハハハハ、パチンコなら通ってるけど。
祖父　(母に) 言ってやりゃいいんですよ。予備校どころか、毎日毎日グラタンだ、西城だって。
浩一　たんぱく質ばっかり摂ってますって？　ダメなんですか、たんぱく質。だって人間って、たんぱく質でしょ？　違いましたっけ？
祖父　四十一歳寿命説。
浩一　え？
奈津子　なにそれ？
祖父　知らんのか。(奈津子に) お前やこの浪人生は四十一歳で死ぬんだよ、浪人のまま。
奈津子　(シラけた口調で) ゲロゲロ、びっくりこけまろ。

浩一　誰が言ったんですか、そんなこと。
祖父　元農林水産省の役人で、いまは食料薬学、（不意に）ドビッシー。
浩一　え？　ドビッシーって作曲家じゃないですか？　いま、おじいちゃん変なこと言ったな、ねえ。
母・奈津子　さあ？
浩一　いや、いまドビッシーって。

祖父、浩一に、

祖父　そんなことより、浩一！

祖父、頭を浩一に押しつけると、ブーブー言いながら手をはばたかせた。

浩一　おじいちゃん！　おじいちゃん、何か変だぞ。

祖父、いきなり服を脱ぎ捨てふんどし一丁になり、ちゃぶ台の上に上がると、

祖父　さてと、ひと泳ぎするか。

祖父、ニコニコと玄関から外へ飛び出して行く。
すれ違いに父、帰宅して部屋へ。

父　ただいま、あ。さっき駅でさあ、（気づいて）とうさん！（と追う）
母　おじいちゃん！（と追う）

奈津子　ゲロゲロ。（と追う）

皆、祖父を追って去る。

3

下段中央から、みのすけと医者が出てきた。
医者は、冒頭にみのすけを追いかけていた時よりは随分とまともな格好だ。
上段では、ふんどし姿の祖父がふんどしを風になびかせて街を走っていた。
すれ違う人々の驚嘆。
それはみのすけがいま医者に語り終えた、回想だった。

医者　なるほどね。それで街中大騒ぎですか。
みのすけ　はい。じいちゃんは年齢の割にタフだったので、一ノ森商店街を猫並みの速さで疾走しました。
医者　ふんどし一丁で。
みのすけ　はい。
医者　かっこいいですね。
みのすけ　かっこいいって言うか、すげえ!?
医者　疲れたでしょう。
みのすけ　え。
医者　猫並みの速さで走ったら。

みのすけ　やだなあ先生。走ったのはじいちゃんですよ。
医者　……そうでしたね。

上段では父、姉、母が祖父の後を追っていた。

皆　(口々に) まちなさーい。父さーん。(とか) おじいちゃーん。(とか)
父　転んだー！ (転びながら引っ込んだ)
母・姉　あなた！　とうさん！
姉　くつひもがー！ (と靴のひもを直しながら引っ込んだ)
母　ハナオがー！ (と引っ込んだ)
みのすけ　結局、翌朝まで走り続けたじいちゃんは、警察に保護されました。
医者　ありゃりゃりゃりゃ。(カルテをふせると) 今日はこんなところにしておきましょうか比留間さん。
　いや、比留間くん。
みのすけ　はい。
医者　ところで、どうかね、気分のほうは。
みのすけ　……はい。
医者　どうした、とたんに元気がなくなるね。
みのすけ　……。
医者　もうすぐ消灯だ。眠れてるかな？
みのすけ　あまり。
医者　それは良くないね。波の音が気になるか。

みのすけ　……。
医者　ありきたりだが、羊を数えてみたらどうかな。
みのすけ　羊飼ってるんですか？
医者　飼ってないぞーー。頭の中に思い浮かべるんだ。向こうから一匹ずつ羊が囲いを飛び越えてくるから、それを数える。
みのすけ　なるほど。何匹きます？
医者　え？
みのすけ　全部で何匹くるんです？　いや、厳密でなくてもいいんです。予定で。ただ、突然あんまり大勢で来られても。それに、あらかじめ何匹来るのか分かっていれば、数える手間も省ける。一石二鳥です。
医者　何を言ってるんだね、君は。数える手間を省いてどうするんだ。
みのすけ　若者はラクしすぎるってことですか。フフ、先生もオヤジだから説教くさい。
医者　六十過ぎのじじいにオヤジ呼ばわりされたかねえよ、いや何でもない。
みのすけ　え。
医者　よろしい。ここはひとつ私が催眠術をかけてあげよう。大丈夫、危険はないから安心しなさい。明日の朝、目覚めた時も気分はスカッと爽やかコカコーラだ。
みのすけ　オヤジ……。
医者　（少しムッとするが）いいから、そこに寝た寝た。

みのすけ、横になった。

医者　目をつぶって……力を抜いて……深ぁく息を吸って……はい吐いて……吸って……吐いて……ハイ！（いきなり大声で手を叩いたので）

みのすけ　（驚いて目を覚まし）あー、びっくりした。

医者　いまのが眠りに入る合図だったんだが。

みのすけ　かえって目が覚めちゃいましたよ。

医者　止むをえん。安定剤を出そう。上石くん、上石くん。

と、看護婦さんを呼びながら医者がひっこむのと入れ代わるようにして、音楽とともに五人の患者達が行進してきた。

冒頭でみのすけと一緒に逃げていた丸星、杉田、岬、宝田に加え、品川と呼ばれる先輩患者の五人である。みのすけの周りをぐるぐる廻る。

みのすけ　（面食らって）なんだ!?　なんだ、君達。いきなりやってきて、人の周りをぐるぐる回って!?

丸星　シッ！（大声で）僕は丸星。四一一号室に入院してるんだ。よろしく。

みのすけ　なんだ、このくったくのないイガグリ頭は。

杉田　シッ！　君はくったくんですか？　ぼきは杉田くんです。へへへ、へっくしょい。

みのすけ　いや、くったくんじゃなくて、くったく。

宝田　シッ！　知ってるよ、君の名前はヒルマミノスケ。僕の名前は宝田まこと。二つ合わせて……（と両手を合わせ、なにか言うのかと思ったら、拝んだ）

よくわからないのであろうが、患者達も宝田を真似て拝んだ。みのすけは呆気にとられる。

宝田　（しばらく拝んで）という寸法さ。

みのすけ　なんだそりゃ。

品川　（間違えて岬に）シッ！

丸星　品川先輩だ。

岬　（丸星に）シッ！

丸星　……えらいんだ。

品川・岬　（丸星に）シッ！

看護婦の上石、来た。

上石　比留間さん。

皆　あ！

品川以外、逃げようとする。（品川は逃げなければいけないという状況すら判断できないのである）

品川　（上石の髪の毛をつかみ、自分のヒゲに見立てて）旦那様、馬車の用意が。（と喜ぶ）

皆　（慌てて）品川先輩！

丸星　（岬に）瓶《びん》と石だ！

岬　うん。

　　岬、牛乳瓶と小石をポケットから取り出すと、小石を瓶に入れて振る。カラカラと音がした。

岬　（カラカラ鳴らしながら）品川先輩！

品川　（赤ん坊のようにその音に引き寄せられて）あ！　石！　石！　石！（と皆のほうへ行く）

　　みのすけ以外の患者、逃げた。

上石　ちょっと、みんな！

　　上石も皆を追い去った。
　　すぐに岬が戻って来て、

岬　（みのすけに）今夜十時、四一一号室パーティ来い来い。

上石　（戻って来て）岬さん！

岬　あ。

　　岬を追って上石去る。

みのすけ　なんだぁ？　今夜十時、パーティ来い来い？

岬　（来て）暗号だよ暗号。

みのすけ　暗号って？

岬　今夜十時に四一一号室でパーティをやるから来いっていう意味さ。あ、僕、岬。

上石　岬さん！（来た）

岬　あ。

岬、上石に向かって小石の入った牛乳瓶を持たせて振る。

上石　？

その音につられて、ものすごい勢いで品川が来る。

上石　ひっ！

上石、はじかれるように逃げる。
品川は上石を追い、岬は品川を追い、去る。

品川　石だぁ！
みのすけ　パーティ……キチガイパーティか？

上石、やれやれという風に戻ってきた。

上石　まったく……（みのすけに）あ、比留間さんお注射打ちますから。座って。
みのすけ　はい。
上石　腕、出して。安定剤ですよ。

上石、みのすけに注射をした。

上石　はい、これでぐっすり眠れますよ。

みのすけ、おとなしくなった。

と思ったら、なんか変だ。

みのすけ、声もなく、奇妙な動作をしながら去っていく。

上石　（思わずボォッと見ていたが、ハッとして）比留間さん！　ちょっと、比留間さん。

上石、みのすけを追って去った。

音楽。

患者五人組、行進してやってきた。

丸星、台に上がったが皆は注目しない。

丸星　はい、はい、はい……はい！（二回手を打つ）……（静かになったので）それでは

宝田　（真似して二回手を打った）

皆、宝田を見た。

宝田、意味不明の、我々には理解できないことをする。杉田と岬も真似をする。満足したのか、三人、少し笑う。

丸星　（遮るように）それではパーティの前に、（声をひそめ、どうやら自分で準備した計画表を見ながら）明日の病院脱出計画の作戦会議を行なう！

皆　わー。（拍手）

品川　ハオッ！（と丸星の手から計画表をたたき落とした）

皆、我先にと計画表を奪い合うので、紙はビリビリにひきちぎられた。

丸星　あ！

皆、ちぎれた紙を嬉しそうに持っている。

杉田　はい。（と分け前を与えるようにして自分が拾った紙片を半分に破ると、それを丸星に渡す）
丸星　ありがとう……。自分がこれぞと思う作戦を発表するように。
皆　はい。
岬　はい！
丸星　よし、岬。
岬　（台の上へ）結局ですね、肝心なのは……〝戦う〟！
丸星　何ぃ？
岬　えー、戦う。
丸星　誰と？
岬　何でも聞いちゃ駄目。おしまい！

丸星以外、拍手。

丸星　却下！　次。
品川　はい。
丸星　はい品川先輩。

品川、台に上らず、あらぬ方向へ向かい、舞台から落ちそうになるので皆、慌てる。皆で品川を台に上らせる。

品川　……脱出する！
丸星　？……（気をつかいながら）ですから、その脱出の方法をですね、いま、
品川　（遮って）脱出する！

間。

丸星　……なかなか、いいと思います。
皆　（嬉しそうだ）
品川　トウ！（と台から飛び降りて）脱出！

品川、大脱走のテーマを大声で唄いながら行進する。丸星も仕方なく行進。しばらく行進すると品川が勝手に行進を止めたため、皆も止まる。

皆、拍手。

丸星　なかなか、いいと思います。でもあの、一応ね、念のため、他には。
宝田　はい！
丸星　はい、宝田。
宝田　ズルをする。嘘つくんだ、一〇〇メートルを〇・一秒で走れますーって。
品川・岬・杉田　ええ！（と信じる）

宝田　こうやって驚いてるそのスキに、わーって言って逃げる。
丸星　（さほどの提案だとは思えぬが、一応）……ああ。
宝田　一〇〇メートルを〇・一秒だから、とても速く逃げられる。
丸星　ん？

皆、納得。

丸星　でもそれは嘘なんだろ。
宝田　（なんてものわかりが悪いんだという風に）だから、嘘ついて、〝ええっ〟て驚かすの！
丸星　うん、そこまではいいんだけど、でも本当は一〇〇を〇・一秒じゃ走れないでしょ。
宝田　……。

宝田、シュンとしてうつむいた。
岬と杉田。宝田に同情する。

岬　（丸星に）あなただって、走れないでしょ！
丸星　（面食らうが）……走れないよ、そりゃ。
杉田　（丸星をみそこなったかのようにさげすみ）しきょうもの。
丸星　なんでひきょう者だよ！
品川　俺はぁ！　電車で！（と吊り革につかまる格好）ガタンガタァーン、

皆もやる。

◉
「あなただって、走れないでしょ！」

しばし、電車ごっこが続く。
丸星は困惑するが、他の者は皆、大喜び。
もう、なにがなんだかわからない。

丸星　はい、じゃあ次、俺の作戦。持ってこい。

岬・宝田　はい！

岬と宝田、ガラガラと音をたててホワイトボードを持ってきた。
中央には、こと細かな病院の図面。

丸星　一言に脱出と言っても、そうたやすいことではない。自分たちがいま、いかなる状況下に置かれているのかを充分に認識した上で、最も合理的かつ独創的な方法を、細部に渡って綿密に検討してこそ、初めて作戦は成功に到るのである。

皆　はい！

丸星　まず、これが、病院の平面図だ。

と丸星が棒で図を指したそのカツンという音に、皆、ウキウキした。

丸星　おい……だから……だから！

皆、丸星を見た。

丸星　これが病院の、

カツンという音に皆ウキウキ。
丸星が幾度かカツカツと指すので皆、大はしゃぎ。
丸星、ムッとしてボードを片づけた。

丸星　次、杉田。

杉田　はい！（岬と宝田に）持ってこい！

岬と宝田、今度はヘタな絵の飾られたボードを運んできた。

杉田　えー、これがボキの小せえ頃に、

杉田が喋り終わらぬうちに皆、率先して棒を取り出すと、一斉にカツンカツンとボードを叩きはじめた。
杉田もさっさと説明を切り上げてカツンカツンとやりはじめる。うるさい。

丸星　……。

しばらくカツンカツンやっていたが、やがて一人、また一人と辞めていく。
少しの間。

丸星　飽きたのか……

不意に品川、大脱走のテーマを唄いはじめる。
皆、行進して去る。

丸星も困惑しつつ後に続く。
上石が怒りながら来た。

上石　ちょっと、あなた達！

上石、あまりの異常さに自分の手には追えないと判断したのか、

上石　先生！　先生！

とひっこみ、すぐに医者を連れて戻ってくる。

医者　なんだ、どうした。

みのすけ、手のつけられぬ状態で去って行った。
医者と上石、ア然としていたが、

医者　(去って行くみのすけを気にしながら)上石くん。
上石　なんでしょう。
医者　君、本当に安定剤を打ったのか。
上石　もちろんです。
医者　そうか。(みのすけの後を追って去る)
上石　安定剤は安定剤ですが。
医者　(戻って来て)ですが？

上石　コウフン剤って書いてありました。
医者　……うん。
上石　ええ。
医者　上石くん。
上石　なんでしょう。
医者　じゃあそれは、コウフン剤だな。安定剤じゃない。
上石　私もそう思います。
医者　……。よし上石くん。
上石　何でしょう。
医者　じゃあ君はなぜ、コウフン剤を打った。
上石　先生が安定剤を打てとおっしゃったから、
医者　コウフン剤を打ったのか。
上石　私はまた、コウフン剤と書いて安定剤と読むのかと。
医者　思ったのか。
上石　まさか！

間。

医者　上石くん。
上石　(呼ばれるが早いか) なんでしょう。
医者　君と私は……考え方が違うね。

上石　自惚《うぬぼ》れないでください。

医者　自惚れてない。いいか、比留間のじいさんは気狂いだぞ。気狂いにコウフン剤など打ってみろ！　そいつはまるでコウフン剤を打たれた気狂いと化すんだぞ。わかってるのか!?（上石の反応がないので）上石くん！

上石　あ、いま、別のこと考えてました。

医者　何ぃ!?（と、上石の腕に針の跡を発見し）上石くん、君も何か打ったな!?

上石　打ってませんよねえ、森本さん。（と、いない人間に同意を求めるので）

医者　森本さんて誰だ！

上石　あ！　ヒルマのじじいが！

音楽。

みのすけ、上手よりふんどし一丁になって戻ってきた。ふんどしは上手袖に向ってピンと張られて延びている。おそろしく長いふんどしだ。

上段にはふんどしの祖父が再び現われる。ふんどしは同様に下手袖に続いている。

二人、スローモーションのようにゆっくりとした動きで走っている。それは感動的なのか、幻想的なのか、なんだかよくわからない光景なのだった。

ただし、これは上石の幻覚なので、医者には見えない。

上石　（二人のふんどしが）つながっているわ！

医者　何が？

上石　（見えない人物に向って）森本さん、私にまかせて。

医者　だから誰だ、森本さんて。

そのセリフを遮るように音楽。

上石、ハサミでみのすけ少年のふんどしを切断する。突風。

ふんどしの二人とともに、上石と医者も吹き飛ばされてゆく。

上石　しまったー！

医者　なんだかわからーん！

風が止むと、上段上手には一人、迷子になった品川先輩がやってきて、ニコニコ歩いていたが、すぐに裏側に落っこちた。

音楽。

杉田と丸星が現われる。丸星、杉田の傍に腰を降ろし、杉田の思い出話を聞く。

杉田　そりはそりは風の強い寒い晩のことでした。ボキの母ちゃんは、山からたくさんのしいたけを拾ってきました。そして、「こりはとてもうまいのんよ」と言いながら、そりを料理してくれました。だがしかし、ボキは昼間《しる》におからをたくさん盗み食いしておりましたから、どうにもこうにも腹いっぱいで食えません。母ちゃんは「どうしたのん？　食わないのん？」と言いながら、やがて、動かなくなりました。あらら……しいたけちゃんの恩返し、おしまい。

音楽、消える。

丸星　杉田、それ全然、恩返しじゃないな。

杉田　はい、頑張ります。
丸星　杉田……

ふと見ると、いつのまにかすぐ近くでみのすけが眠っていた。

丸星　あ、こいつ、なんで寝てんだよ。さては暗号を解読できなかったな。（杉田に）おい、起こせ。
杉田　はい。

杉田、本人は起こしているつもりなのだろうが、みのすけの耳元で奇妙な無声音を発しつづけているだけだ。

杉田　くしゅくしゅくしゅくしゅ……
丸星　……。
杉田　くしゅくしゅくしゅくしゅ……
丸星　おい。
杉田　くしゅくしゅくしゅくしゅ……
丸星　おい何やってんだ。
杉田　はい、そっと起こそうと思いましてん。
丸星　バカ、そんなくしゅくしゅやったって、こいつがくしゅくしゅした夢を見るだけだよ。
杉田　はい、ちっちぇころ、よくみました。
丸星　（驚いて）くしゅくしゅした夢を!?
杉田　はい、ホラ、となりでねてたコンちゃんが、いつもくしゅくしゅってやってくれてましたからね。

丸星　ホラって言われても知らないよ、コンちゃんなんて。

杉田　ああ！　今度紹介します。病院出たら、一番に。ニョキニョキ動物のコンちゃんを。

丸星　なんだ……コンちゃん、人間じゃないのか。

杉田　はい、ニョキニョキ動物。水に濡れますと、涙流しまして、ヌルヌル踊りますから。

丸星　（気味悪くなってきて）なんだかわからないけど、あまり紹介してほしくないな……。

杉田　どうしてん？　暑い日には尻から汁を出しまして、ヌルヌル踊りますから。

丸星　見たくない。そんなヌルヌルおどってばっかりのニョキニョキ動物なんか、見たくない。

杉田、ひどくがっかりした。

杉田　そうですか……。

丸星　（杉田が元気をなくしたことを少し気にして）それより、俺が見張っててやっから、な、早く
ほら、少しは音出しても平気だから、起こせ。

杉田　はい。（大きな声で）くしゅくしゅくしゅ。

丸星　くしゅくしゅはやめろ！

杉田、うらめしそうな目で丸星を見ながら、チューーチューーと不満気な音を出した。

丸星　うらめしそうな目でチューーチューーするな！　あっ……。

丸星、体に痛みが走ったのだ。

杉田　どないしましてん？　丸星くん？

丸星　何でもない。

杉田　何でもないなんてことはないのんよ、丸星くんもボキも、何でもなかったらこんな病院入ってやしませんよ。

丸星　……バカ。

杉田　だってだって、丸星くんはあと三か月足らずの人生よって、先生言ってたじゃないの。

丸星　……なんだぁ!?……先生そんなこと言ってたのか……!?

杉田　(ひどく焦って) あきゃ！　知らねかったですか。

丸星　おい、もっと詳しく教えろ！

杉田　知らばっくれますから、ボキは知らばっくれてますから、(妙なメロディにのせて) 知らばっくればっくれ。

丸星　知らばっくれマーチ唱《うた》うな！　な、杉田、何を聞いても俺はヘーキだから、な、だから教えてくれよ。

杉田、無言で首を横に振った。

丸星　じゃこうしよう、お前から話聞いても、俺は知らばっくれてるから。

杉田　(興味を示し) 知らばっくれ？

丸星　知らばっくれ。(デタラメに唄って) 知ーらばっくればっくれ。

杉田　(すっかり嬉しくなって) はい、そりなら教えます、ぜひ。そりはつい三日前、ボキがトイレでおしっこしてましたら。

杉田、うしろを向いてチョロチョロと小便をしていた。上段下手に医者と看護婦三人。

医者　上石くん、（チョロ、という音）五本木くん、（チョロ）向原くん、（チョロ）ちょっと聞いてくれ。（カルテを開いて）四一一号室の丸星くんだけどね、

杉田の小便、一度止ったが、再び出た。

医者　この間の検査の結果が出たんだ。これを見たまえ。彼は、

杉田の排尿音が高なり、なにか重大なことを言っているらしい医者の声はかき消されてまったく聞こえない。

丸星　うるさいよ！　杉田、うるさい。

それでようやく小便の音、止んだのだが、

医者　以上だ。
丸星　終わっちゃったじゃないか！
医者　あ、それからみんな。（どうでもいいような唄をおどけて唄う）私の乳首は不思議な乳首ー、世界の電波をキャッチするー、ピピピ、ハロー。（と乳首をつき出す）
看護婦達　（嬉しそうに）先生ったら。
丸星　なんだそりゃ！　おい、もう一度思い出せ。小便はするな。
杉田　でも、出ましたから、おしっこ出ましたから。

丸星　うるさい、我慢しろ！
杉田　はい！　わかりましてん！　そりでは、そりはつい三日前、ボキがおしっこをしねぇでおりましたら。（とガマンした）
医者　あ、それからみんな。（おどけて唄い）私の乳首は不思議な乳首ー、世界の電波をキャッチするー、ピピピ、ハロー（と乳首をつき出す）
看護婦達（嬉しそうに）先生ったら。
丸星　どこから思い出してんだ！
杉田　あきゃー！
丸星　もう一回思い出せ！
杉田　はい、そりはつい三日前、プシューッ。

杉田、しぼむように倒れた。

丸星　杉田……おい、杉田！　しっかりしろ、杉田！
みのすけ（目覚めて）おい、どうした、君……。

杉田が倒れたにもかかわらず、回想シーンは再び始まった。
ただし、今度はなぜか看護婦は上石のみである。

医者　それから上石くん、四一一号室の杉田くんなんだがね。
丸星　杉田？　俺のことじゃないのか？
医者　彼の病気はまさに奇病だ。治療法の見当もつかない。非常に危険な状態だ。

◉
「先生ったら」

丸星　！

みのすけも目を覚まして医者の言葉を聞いていた。

上石　それで、杉田くんの余命は？
医者　うん……生きて……九十年。
皆　（口々に）長生きじゃないか。
医者　ほっといてくれ！　だが短ければ、窓の外の桃の実の最後の一つが落ちるまでだ。岬くんや宝田くん、そして（丸星を見やり）丸星くんと同様にね……
丸星　……。
医者　行くぞ。
上石　はい。
みのすけ　（杉田と丸星に）君達……
丸星　……。
杉田　（目を覚まして）丸星くん。
丸星　あ、杉田、気がついたか。（ケンメイに笑顔を作り）ごめんな、俺が小便我慢させたばっかりに。
杉田　丸星くん、起きてるどん、くったくん（みのすけのことだ）起きてるどん。
丸星　（いたわるように）ああ、知ってるよ。
杉田　（みのすけに）くったくん、パーティやりますのん、四一一号室で、ボキ達の部屋で。
みのすけ　ああ、知ってる。

杉田　来《き》ろよ。来《き》れ。

みのすけ、うなずいた。

丸星　なんでもない、(みのすけに、否定を促す口調で) なんでもないよな。
杉田　丸星くん、ボキの病気は?
みのすけ　あ……なんでもない。
杉田　丸星くんも、くったくんも、ボキも、なんでもなかったらこんな病院入ってやしませんよ。
みのすけ・丸星　……。

ピアノの音が聴こえてくる。
奈津子が弾いているのだ。
杉田達三人のあかり暗くなり、再び明るくなる頃には、そこは祖父の通夜の席になる。
黒衣の父、母、浩一。
みのすけが、階上に上って語り始める。

みのすけ　じいちゃんの通夜に、家に二台のクーラーが届きました。一台は母さんが、もう一台は父さんが、それぞれ秘密で注文していた、居候の浩一さんへのプレゼントです。父さんは、困惑する母さんに耳を貸そうともせず、じいちゃんの霊前でユダヤ人ジョーク集を朗読していました。浩一さんに元気がないのは、じいちゃんが死んだからではなく、眼帯の下でうずいている、姉ちゃんのコブシが作った大きなアザが原因です。

その光景の前を、別空間の丸星、杉田、岬、宝田が迷子になった品川先輩を探して、行進していく。岬は、例の牛乳瓶の中の小石を振りながら。

五人　品川先輩ー！　品川先輩ー！

四人、通り過ぎて消えて行った。

みのすけ　そしてその姉ちゃんは、一人、ずっとピアノを弾きつづけていました。

階下には祖父が現われる。

祖父　そしてその姉ちゃんは、一人、ずっとピアノ弾きつづけていました。
みのすけ　そんな光景を。
祖父　そんな光景を。
みのすけ　そんな家族の光景を。
祖父　そんな家族の光景を。
みのすけ　私は、じっと見降ろしておりました。
祖父　私は、じっと見降ろしておりました……

祖父、椅子に座ると、奈津子が弾くピアノの中、静かに語りはじめる。

祖父　月の明るい八月の晩の事だった……遠方に出張の決まった親友の送別会のあと、ちょっとばかし酔ってたじいちゃんは、駅から家までいつもと違った道を歩いてみたくなった……みのすけも大きくなって酒を飲むようになればきっと分かると思うがな、ちっとの酒っちゅうもんは、よく見知った物でも美しく見せ、とりわけ知らない物に対する気持ちを大きく膨らませるもんだ。だから、近道のつもりで入った道が海岸に続く道となって、どうやら自分は道を間違えたようだと気付いた時も、じいちゃん別に腹は立たなかった。それどころか、何年振りかで海岸に出てみて、ひっそりと静まり返って誰も居ない海辺に波の音だけが響き渡る、そんな風景が不思議に魅力的でじいちゃんは間違いついでに夜の散歩をもう少し続けることにした……。海の向こうを眺めながら海辺をまっすぐ三十分ほども歩いて、少し疲れたな、と思った頃だ……その白い建物が突然じいちゃんの目に飛込んできた……はてさて、何時《いつ》出来たモノか、陶器山と呼ばれる丘の上に、冷たーくその建物は建っていた……よく見ると、窓のひとつが、さびしそうに蒼白く光っているんだ……誰かが見ている深夜テレビの光だろうか……人影がまったく見えないだけに、じいちゃんは何か、現実離れした、どこか遠いところまで来たような気がしてきた……。ふと思いついて、我が家のある方向に目をやると、だいだい色のあかりがひとつ点《とも》っている……遥か彼方なんだが、見つめていると、それがなんだか子供の頃の自分の家に見えてくるんだな……あのあかりの下には白いシーツに寝転んだ父ちゃんがいて、今頃、テーブルの上で冷たくなってゆく食事を溜息とともに見ているのかなってな……。もう二十年余りも親子二人で暮らしていたのに、父ちゃんのさびしそうな顔がこれほどハッキリと心に浮かんだのはこれが初めてのことだった……。そんなことを考えて、ちょっぴり涙ぐみながらまたあの丘の上の建物の窓を見る……涙であかりがにじんでる……そのまま、じいちゃんなんだか頭がクラクラして、意識がモウロウとしてきた……。目の前が完全にまっくらになる刹那、窓から誰かがこちらに向かって手を振って、そしてあの蒼白い光が七色の、まるで虹みたいな光に変わったような気がしたんだが……どうだったのかな……。「オハヨ」という声で目を覚ましてかた驚いた……目の前で見たこともない女性が微笑んでいるじゃないか……美しい女性だったよ……自分はフカフカのベッドに寝かされていて、天井も壁もまっしろだった……窓から光が射しているところをみると、どうやら翌朝らしい……二日酔いで頭がガンガンした……。「ここはどこなのでしょう」と、間の抜けた質問だと思いながらも、その女の人に尋ねてみたんだが、彼女は背を向けて部屋の奥へと姿を消してしまった……。と、波の音が聞こえたのでもしやと思って窓から外を覗くと、やっぱりそうだ……そこはあの丘の上の白い建物の中だったんだ……。「すると、この部屋はきっとあの蒼白い光の……」そう思ったじいちゃんは、とっさに、戻ってきた彼女に尋ねてみた。「昨日の晩、この窓から私に手をふったのは……」そこまでしか聞かずに彼女は「違います」とやさしく、しかしはっきりと答えた……。じいちゃんが覚えているのはそこまでだ。彼女の名前を聞いたような気もするが、じいちゃんはずっとその人の事を、カラフルメリィと呼んでいる。カラフルってわかるか？　あの晩、窓の光った七色の光みたいなモノのことを言うんだよ……その後も何度かその部屋へ行ったような気もする……夢だったのかもしれないなぁ……じいちゃん、最近になって、めっきりそこら辺が怪しくなった……歳だなぁ……

父の〝奈津子〟という声でピアノが止む。
祖父、ゆっくりと立ち上がり、以下の風景をしばらく優しい眼差しで眺めているが、やがてゆっくりと歩いて去って行った。
父が、ピアノを弾いていた奈津子の傍らに立っていった。

父　奈津子、お前も少しは母さんを手伝って……
奈津子　（小さく）はい。

奈津子、走り去った。父が、その後ろ姿をぼんやり見送っていると、気ぜわしく、母が入ってくる。

母　（電気屋達に）ちょっとあなた達、勝手にそっちのほう入んないで下さいよ。

三田村　えっ？

母　あ、三田村無線さんじゃなくて、長谷川電機さんの方。ちょっとあなた、何とか言って下さいよ。エアコン。

父　（話をあまり聞いてない風でボオッとしながら）あー……そっか。

母　「あー……そっか」って、おじいちゃんそっくり。

電機屋　どーにかっていっても、困るんだよねぇ、実際の話、そっちの電気屋さんだってそうなんじゃないの、長谷川さんとこも……

別の電気屋が柱に釘を打とうとしていたのである。

電気屋Ａ　破損していたとか、エアコンだと思ってつけてみたらコタツだったとか……ま、そんなことはないだろうけど。二台頼んじゃったから一台キャンセルって訳にはいかないんですよ。違う店なんだし。

エアコンを運んでいた電気屋のうちの一人、エアコンの箱から白衣を出して羽織ると、医者になった。
医院長が飛び出してくるのでそこは一瞬にして病院になる。
医者と医院長以外は、いなくなっている。

医院長　三上くん！

医者　医院長。（と驚いてキョーシュクした）
医院長　なんか病院内がやけに騒々しくないか？
医者　はい、実は私も少々気になっておりまして。

音楽。
再び、品川先輩の名を呼びながら、今度はみのすけも含む五人の患者が行進し、二人の目の前を通り過ぎて行く。

医院長　（いかにも密談風に）まさか、アレがバレたんじゃあるまいね。
医者　いえ、そんなことは絶対に。
医院長　あたりまえだ。私の今日の予定は？
医者　あ、このあと三時ちょい前より例の折り入った話をあそこでしたあと、四時ちょい過ぎよりあの話を例の混み入った場所で。
医院長　あの話。
医者　あの話。
医院長　（よくわからず）あの話ってあの話？
医者　いやいや、あの話じゃなくて。あの話です。
医院長　あ、あの話？
医者　いえあの話はあれをあれした後に。例のあの話と一緒に。
医院長　え、じゃあの話は？
医者　あの話は例のあの話通り、きゃつらが手ハズをととのえてあります。ウヒヒヒ。

医院長　やめなさいそんな言い方！　ウヒヒヒって、まるで私が悪いことをいっぱいしてるみたいじゃないかね！
医者　そんな言い方をしたら、してないみたいじゃありませんか。

二人、いやらしく笑う。

医院長・医者　ウヒヒヒヒ。

二人、子供のように交互にポーズをとって、この時点では観客にはなんのことかよくわからないのだが、

医院長　ガンパ
医者　ガンパ
医院長・医者　ガンパンパ！

上石、来た。

医院長　（気まずく）上石くん
上石　院長まで！
医院長　いや……。

暗転。
スライドで以下の字幕が投映される。
「品川先輩の行方は？」

「あっちのあの話とは一体何の話なのか⁉」

「そして」

「ニョキニョキ動物のコンちゃんてなんだ⁉」

「謎は謎を呼びますが、」

「物語は祖父の死の数時間前に戻ります。」

4

みのすけは二階中央の部屋でプラモデルを作っている。
上手の部屋では浩一が扇風機の前で暑そうに雑誌であおいだりしている。
下手の部屋は奈津子の部屋だが、いま彼女は不在である。
一階の居間では祖父と父が、ちゃぶ台を囲んでいる。

父　（読んでいた新聞から目をあげ、半分独り言で）遅いな、兄貴達。

その言葉で振り返った祖父は、鼻の穴に煙草をさしていた。

父　父さん、それじゃあ美味《おい》しくないだろ。
祖父　そうなんだよな。
父　煙草は口だ。（と鼻から煙草をとる）
祖父　ああ、口か……
父　ああ。
祖父　口はどこだっけな。（とちゃぶ台の上を探したりして）
父　……。
母　遅いですね。

父　あ？　奈津子？
母　いえ、そうじゃなくて、（見ると祖父、また鼻に煙草）おじいちゃん、象さんじゃないんだから
　（父に）お兄さん達、来るの。
父　いま言ったよ（煙草のことだ）。車だろ。混んでるんじゃないか（兄のことだ）。
祖父　誰が来る？
父　兄さんですよ。
祖父　兄さんか。生きてましたか。
父　いや、父さんの兄さんは死んだよ、戦争で。
祖父　死んだか。
父　死んだよ。
祖父　死んだのに来るのか。
父　来ないよ。
祖父　偉いな。
父　偉くないよ、死んじゃったんだから。いや、いまのは暴言だったけどな。
祖父　ついに来るか。
父　だから、来ないって。なんだよ、ついにって。来るのは父さんの息子だよ。下田の。
祖父　下田さんですか。（と父に頭を下げる）
父　いや、俺は下田さんじゃないよ。
祖父　そうですか、下田さんが。
父　いやいや、あのな。

母　（父に）誰ですか、下田さんて？
父　俺が聞きたいよ！
祖父　はあ。下田さん、生きてましたか。
父　いや、死んだよ下田さんは！（と思わず言ってしまってから）……いや、死んでるか生きてるかわかんないけどな、あの、だから、下田さんは下田さんでどこかで勝手に生きてくから、死ぬまでな……（母に）お前が説明しろよ！

母、まるで幼児に説明するかのように、テーブルの上の茶碗やら煙草やらを人間に見立てて説明を始めた。

母　あのね、いいですかぁ？　これがおじいちゃんです。で、これが義彦さん、これが私。
父　おい、うちのおやじバカじゃないんだから。
祖父　（母に握らされたライターを見つめ）これがじいちゃんか。
父　違うよ。これは父さんじゃないよ。これはライターだよ。百円の。父さんは百円かい？　いや、もっと高いよ。（母に）奈津子、何やってんだよ。
母　さあ。
父　さあって、お前母親なんだから。
母　……だから？
父　……。
母　だから何？
父　いいよ。それより（少し声をひそめて、母に）それより父さん毎日ちゃんと通ってるのか、病院。

母　（きっぱりと）いいえ。

父　なんだよ、いいえって。

母　（声をひそめ、祖父をチラチラ見ながら）嘘つくんですよ。病院に行くって言って家を出て、近所をフラフラ、フラフラ。二時間も三時間も。

父　二時間も三時間もか……（ハッとして）お前、何でそんなこと知ってんだ……!?

母　尾行してるんですよ、心配だから。

父　毎日!?

母　ええ。お父さんが病院行かないと、困るのは私達ですからね。

父　だったら連れてけよ！　あとつけてくヒマがあったら、病院連れてけよ！　バカか、お前は！

祖父　義彦！（といきなり立った）

父と母のみならず、二階の浩一とみのすけも祖父の声にギクリとした。

浩一、こそこそと足音を忍ばせて二階から降りてきた。

父　ごめん、父さん。

祖父　お前……グローバルな視点をもて。

父・母　……。

母　なんですか？

祖父　グローバルな視点をもたなきゃいかんよ。ニュートラルな。

父　ああ。（妻に）そりゃそうかもしれないけど、なんだやぶからぼうに。

浩一　おじいちゃん、聞いてたんですか、あれ。
母　あ、浩一さん、エアコンをね。
浩一　へえ、聞いてたんだ、笑っちゃうなぁ、ふぅん。
父　なんだ、なにが笑っちゃうんだ。何を聞かせた。え？　君、おやじに何、聞かせたんだ？
浩一　電話ですよ。
父　何を聞かせた。
母　（父に）電話ですよって、浩一さん。
浩一　昼間、一ノ瀬と電話で話したんです、柑橘《かんきつ》系の話。
祖父　そうそう、カンキチくんのな。
浩一　（妙に威勢よく、祖父に）な！（台所へ）

祖父も後をついて行く。とり残された感じの父親。

父　なんだそれ。おい！　おい！
母　何、カッカしてるんですかあなた。浩一さんは柑橘系の話をしてたんですよ。
父　何だ柑橘系の話って。

浩一、台所から湯呑み茶碗を一つ持ってきた。
祖父も後をついて戻ってきた。

浩一　暑くて暑くて勉強にならないって話してて。
祖父　汁がな。

浩一　汁がな。汗のことですよ、ほら、字が似てるから。大体わかりました、このじいさんのことは。
父　浩一君、貴様、おやじをバカにしてるのか。
母　（制して）あなた。
浩一　（構わず）暑いから水、ガブガブ飲むでしょ、だから。汁がな。
祖父　な。
浩一　そしたら、一ノ瀬の奴が言うんですよ。水道の水なんて塩素が多くて体に悪いから、レモン水とか？　ああいうのでアレしなきゃ駄目だって。柑橘系でいこうぜって。なんかいま、レモン二百個分のレモン水が出てるんですって。ビタミンC。二百個分て、それかえって体に悪いんじゃないかって思いません？　ね、それで俺、提案したんですよ、逆転の発想はどうだって。世の中のすべてのレモンのビタミンCをね、一個に含まれるビタミンをですよ、ぜーんぶ十分の一くらいに減らしちゃえば、二百個分って言ったって、たいしたことないでしょ。もう安全ですよ。

少しの間。浩一、期待した反応が得られず、やや気まずくなった。

浩一　まああまりいい提案とは言えないですけど、二百個だ三百個だ一万個だって、キリがないじゃないですか。
祖父　キリンがなぁ。
浩一　キリンがな！（と祖父の頭をはたく）
父　おい！
母　それで？

浩一　それで……（よくわからなくなって）あ？　ともかくそんな話になったんですよ、一ノ瀬、お前、もっとグローバルな視点をもたないといけないんじゃないかって。
父　なんだそれ。黙って聞いてりゃあ。
浩一　それにしても、下はやっぱり涼しくていいなぁ、あ、僕、ちょっと買物行って来ます。
父　おい。
浩一　おじいちゃん、聞いてないようで聞いてるんだなぁ、電話。（去る）
父　おい!!
母　あ、浩一さん、エアコンをね、

浩一聞こえずに、行ってしまった。

母　……。
父　イライラさせる奴だな、あいつは。
母　暑いからでしょ。
父　俺のせいか。（イヤミである）
母　暑いのが？　あなたのせいなの？
父　俺が聞いてるんだよ。暑いのが、俺のせいなのかって。
母　そうなの？
父　……そうだよ。暑いのは俺のせいだよ。……エアコンだろ。
母　エアコンね。
父　まったく、エアコンくらいのことでオヤジにヘンなこと吹き込みやがって。（祖父に）なぁ。

祖父　（立ち上がって）は！（と敬礼）
母　〝は〟ですって。（自分の歯を指して）は。
父　やめろよ!!!
母　（聞かずに）大丈夫なのかしら。
父　なにが。
母　大学。浩一君、来年落ちたら八浪ですよ。いくら医大だからって、いえ、医大っていうのは、エライっていうアレじゃなくて、お医者さんの。
父　わかってるよ。
母　いくら医大だって、八浪っていうのはちょっとないんじゃないかしら。人が聞いたら、ハチローって名前なんじゃないかと思いますよ。なんとかしてあげないと。
父　名前をか。
母　（笑って）バカ。
父　バカはあいつだろ。なんとかったって、どうしようもないじゃないか。だって、あいつがバカなんだから。どうしろってんだよ。え。身代わり受験か？　他人の子よりも自分の子を心配したらどうだ。（時計を気にして）奈津子は女なんだから。それこそ、浪人でもしてみろ。

そこへ、その奈津子が帰ってきた。
同級生の今津（男）と一緒だ。

奈津子　ただいま。
父　奈津子、お前。

今津　んちは。
父　……。
今津　んちは。
母　（少し戸惑いながらも笑顔で）んちは。
奈津子　（今津に）入って、入って。
今津　おいーす。（「おじゃまします」と言ってるらしいのだが）
父　待ちなさい、待ちなさい。
奈津子　（階段の途中で立ち止まって）あ、お父さん、お母さんも。後で、ちょっと折り入って御相談したいことが。
母　なに、あらたまって。
奈津子　（今津に）ちょっとね。
今津　（なんのことか知らないクセに）ええ。ちょっと。アリロー。（ア・リトルのこと）

二人、二階にある奈津子の部屋へ行った。

父　（ムカッとして）なんだ、アリローって……！
母　結婚のことじゃありませんか。英語で。相談したいことって、あれはそうでしょ、きっと。
父　（それには答えず）お前、ちょっと見てきなさい。
母　でも、お茶か何か持って行きでもしないと、何か、ヘンだわ。
父　なにが。
母　だって、ヘンじゃありませんか。ただじっと娘とフィアンセを見つめているだけの母親なんて。

そりゃ、母親なんか所詮そんなことくらいしか出来やしないのかもしれませんけど。
父　わけのわからんことを言ってないで、早く見てきなさい。何かあったらどうするんだ。
母　平気よ。もし仮に何かあったとしても、私はいやですよ。そんなことしてるのをじっと見てるのは。
父　止めるんだよ。バカ。お前はどうして、そうやって何でもかんでもただじっと見ているだけなんだ。
母　だって、結婚するって言うんだから。（いいんじゃないの）
父　結婚は英語で「ウェディング」だよ。「アリロー」じゃない。アリローケーキとかアリローマーチとか言うか？　いや言わないよ！

突然、祖父が立ち上がり、ヤケにキチンとした口調で。

祖父　義彦、お前、ちょっとおちつけ。
父　……。

と、祖父、立ったままいびきをかいていた。

父　寝言か……

奈津子の友達の千絵がきた。

千絵　こんばんは。
父　！

父、千絵が来たことで大きく安堵した。

母　あ、こんばんは。どうぞ。
千絵　おじゃまします。
父　（不自然に）奈津子達、二階にいるから、大いに楽しんでいってくれたまえ！
千絵　……はい。（と階段を上る）
父　あのね、君ね！
千絵　（ドキッとして止まる）
父　もうね、自分の家だと思いなさい。
千絵　あ、はい。

千絵、釈然としない気持ちで階上へ。

父　三人じゃないか。なんだ、三人じゃないか。おい。コーヒーでも持って行ってやれ。
母　飲み物、いま持ってましたよ。
父　じゃ、俺にコーヒー……淹《い》れてくれなさい。ハハハ、くれなさいだって。
母　（微笑んで）遅いですね、お兄さん達。

と、引っ込んで行った。
入れ違いに、みのすけ出てくる。
父、ふと見ると、祖父が階段の手すりの柵と柵の間に頭を入れて抜けなくなっている。

祖父　（嬉しそうに）あれ、抜けなくなっちゃった。おかしいな。ハハハハ。（父に気づき）あ、オッス！

父、祖父を助けに行く。
祖父を引っ張るが、柵からは抜けない。

父　あ、あれ!?……くそー!!

父、情けなさのあまりか嗚咽しはじめる。
音楽。

みのすけ　（観客に）父さんは泣いていました……泣いている父さんの気持ちも、首がとれなくて笑ってるじいちゃんの気持ちも、僕には痛いほどよくわかりました……

奈津子の部屋に明かりが入った。
先ほどの千絵はドアの外で奈津子と今津の会話を盗み聞きしている。

今津　（テレビゲームをしながら）なあ。
奈津子　ん？
今津　聞いた？
奈津子　何が？
今津　殿。
奈津子　殿？

◉
「あ、あれ!?……くそー!!」

今津　殿山、Ｂ組の。
奈津子　ああ、たけしかと思った。
今津　え？（わからない）
奈津子　殿山がなに？
今津　知らない？
奈津子　知らない。
今津　知らない？
奈津子　知らない。
今津　鎖骨折られたって。
奈津子　ゲロゲロ。
今津　オールでクラビングした帰りデニッてたら、土曜。
奈津子　誰に、チーマー？
今津　チャパリーマン。
奈津子　えー、なんで？
今津　さあ。
奈津子　さあって、君。
今津　え、今日、月曜？
奈津子　うん。
今津　じゃあ、あした火曜？
奈津子　聞くなよ。

今津　三時間目、大仏だ。
奈津子　うざ。
今津　あ、宿題。
奈津子　ゲッ！
今津　あせりまくりマンボ。
奈津子　ゲゲゲ……千絵、遅いね。
今津　探してんじゃないの。
奈津子　何。
今津　さくらんぼ紅茶。
奈津子　あ（ああの意）。
今津　かなり痛いんじゃねぇ？
奈津子　千絵？
今津　いやいや、鎖骨折れたら。
奈津子　そりゃそうでしょう。
今津　殿、今日学校休んだもん。
奈津子　休むよ、入院でしょう、鎖骨でしょ？
今津　ゲロ痛《いた》。そうか、明日火曜か。宿題どうしよ。しかも五時間目はマルメン。
奈津子　マルメンは別に。
今津　ねえ、マルメンってどうしてマルメン？
奈津子　マルボロ喫《す》ってるからでしょ、メンソール。

今津　まるい面《つら》してるからじゃないの？
奈津子　マルボロだよ。
今津　まるい面だろ。
奈津子　だって、まるくないじゃない。
今津　まるいじゃない。
奈津子　まるくないよ。
今津　そりゃ完全なる円形じゃないけどさぁ、どこの半径も一定？
奈津子　バカ。
今津　（奈津子のほうは見ずに）……何？　ラブラブファイヤー？
奈津子　別に。
今津　（やはり見ないまま）なんであんなの……他にいるじゃん。超ウルトラスーパーダイナマイトかっこいい男の子が。こんにちはー。

と、自分を指しながら振り向けば、奈津子はそちらを見ておらず、カバンから出した写真をじっと見ていた。

今津　それ？
奈津子　……。
今津　あれ？
奈津子　……。
今津　見してみそ。（反応なし）見してみそしる。（反応なし）見してみそカツ定食おしんこ付き。

奈津子　（顔をあげた）
今津　なんちて。
奈津子　（視線を写真に戻した）
今津　見たい。
奈津子　そう？
今津　超見たい。

ドアの外では、千絵がシンミョウな顔をしてそれを聞いていた。

今津　奈津子……。
奈津子　（写真をカバンにもどした）ん。

奈津子、異様な気配を察した。
次の瞬間、今津は奈津子に飛びかかろうとし、ドアの外にいた千絵は中に飛び込んできた。

千絵　奈津子。

奈津子は間一髪で今津をよけたので、今津、飛び込み前転をする形になった。

今津　（千絵に）よお！（と腹筋していたフリをしてとりつくろった）
千絵　あんた達、何やってんの、ヒトんちで。
奈津子　あたしんちよ！
千絵　ヒトでしょ。

奈津子　ヒトだけど……。

千絵　ヒトじゃん。それよかアレ聞いた？

奈津子の部屋の明かり変わって、三人の会話はウィスパーになる。上手バルコニーでは父が、柵から抜けなくなった祖父の首を抜こうとして、なぜか自分の首も抜けなくなっていた。

とその時、不意に奈津子のたまごっちが鳴る。

奈津子　（音のする方向に向かって）また、ごはんくれっての？（千絵に）すぐ腹減らすのよ。

千絵　いくつ？

奈津子　（バッグをゴソゴソやりつつ）十五歳。なんかもう、あきてきちゃってさ、しつけズサンなんだ。あれ、どこ入れたっけか。

今津　ウチの近所に殺し屋がいてさ。

奈津子・千絵　（また妙なことを言い出した、と少々あきれ気味に）ええ？

今津　一週間で十三匹殺したっていばってたよ。たまごっち。

奈津子　（千絵は今津を見ているが）あった、あった。

今津　のりひろ君ていうんだよ、幼稚園。

奈津子　ゲ、ドクロマーク。

たまごっちが鳴った頃、階下に母親がポリ袋を持って現われたが、ちょっとだけ娘の部屋の様子を盗み聞きしてやろうと思い、そろりそろりと二階へやってきていた。というわけで、以下のセリフは母親がドアごしに聞いている。

今津　あ、注射打つの？
母　!?
奈津子　え、うん。
今津　打たせて注射、打たせて。
母　！
奈津子　いいよ。
今津　どうやんの？
奈津子　なんだ知らないの？
今津　初心者だから、君達と違って。
奈津子　ああ、こうやって、はい、押して。（たまごっちに）あー、痛いね、ごめんねー、怒んないで。
今津・千絵　（たまごっちに）あいてててて。
母　!!
奈津子　うんちも片付けてあげなきゃねー。こんなたまっちゃって。
千絵　ひどい人だ。
奈津子　慣れっこ慣れっこ、いつもうんちの横で寝てるもん。
千絵　わ、考えられない。
今津　うんちはいいや。（と、返す）お、気持ちよさそうな顔になって。

奈津子　何時？
千絵　九時ちょい前。
奈津子　よし。寝ろ。
今津　寝るの？
奈津子　寝る寝る、見てな。

少しの間。
母親どきどきしながら、なおいっそう耳をすます。
千絵、この間、買ってきていた缶のさくらんぼ紅茶を飲み干す。
今津、たまごっちを見ている。
奈津子、さくらんぼ紅茶をくれというジェスチャー。千絵、もうないという呈示。

奈津子　（さくらんぼ紅茶が飲めないことに）ああん。

と、その時九時になったのだろう、たまごっちが鳴るので、

今津　おおー。寝たぁ。
母　!!!　あなた！　ちょっと！　あなた！　あなた！　あなた！

と、バルコニーの柵に首をつっこんだままの夫を発見した。

母　あなた……。
祖父　おぃっす。

母　あなた、奈津子が上で、ああんて。
父　(とたんに柵から首がはずれて)見ろ！　いわんこっちゃない！

父、階段を降りてくる。
以下、ものすごいスピードで、父母、右往左往しつつの会話。

母　3P!!
父　バカヤロー、三人だってあなどれないよぉ!!　3Pだよ!!
母　でもでも、二人きりじゃなくて三人ですよ。
父　(母に背を向けて)三人でプレイすることをな、(こわがらせるように振り返りながら)3Pて言うんだよ！
母　(ものすごい悲鳴)
父　3Pなんじゃないかと思ってたんだよぉ、やっぱりか!!
母　それだけじゃないの。
父　なにぃ。
母　よく、うんちの横で寝てるらしいの。
父　なんの横ぉ!?
母　うんちよ！
父　うんちだぁ!?
母　うんちです！
父　スカトロだぁ!!

母　あとあとあと。
父　まだあるのかぁ!!
母　ちゅ、ちゅちゅ、（注射と言おうとしてどもっている）
父　チューしてるのか!?
母　じゃなくて！　当然してるんでしょうけど、チューくらい、そんななまやさしいアレじゃなくて、チューシャも打ってるのよ!!
父　なんだとぉぉぉ!!
母　しかも、ベテランらしいんです。
父　ベテ……！（絶句）お前、いままで何やってたんだバカヤロー！
母　いま、上、たいへんなことになってます！
父　どうすんだ！　どうすんだどうすんだ、おい、タバコだタバコ、タバコだ、タバコタバコ、タバコ、おい、おい、タバコ、タバコ！
母　（同時に）タバコ、タバコ、（と言いつつ、まだ柵から首の抜けない祖父が差し出していたタバコの箱を受け取って）タバコ、あなたタバコ。
父　タバコタバコ、（と言っていたが）タバコ置いとけ、タバコ置いとけ、ライターだライター、ライターライター、ライター、おいライ……!?

父、大暴れしながら、つい一番高い傾斜にのってしまい、すべり台のようにして落ちた。

父　（ライターを差し出し）ライター持ってるよ！　なにをお前、そわそわしてるんだ！　こういう時にこそ落ち着け、少し落ち着け！　落ち着け！（母、座ってなにごともなかったようにすっかり落ち着くので）落ち着くな！　娘の部屋に行くんだよ、足を洗わせるんだよ、ホラ！

父、母、階上へ向かう。

母　あなた、でもね、叱りつけるのはかえってよくないと思うんですよ。
父　（最上階あたりで）そんなこと言ってたら、（母がなぜかポリ袋を持ってきているのに気付いて）何、持ってきてるんだお前!!

母、悲鳴をあげて思わずポリ袋を階下に投げる。下ではようやく首が抜けた祖父が階段を上がろうとしていて、もろ、袋にあたり、勢いよく転倒した。

父・母　とうさん！（とか）おじいちゃん！（とか）
母　（階段をかけ降りながら）すいません、おじいちゃん。
父　とうさん大丈夫か、とうさん大事にしろ！　大事に置いとけ！　な！

それはもう大変な騒ぎだったので、それまで部屋で話をしていた奈津子はドアをあけた。

奈津子　なにやってんのよ。
父　（母に）来ちゃったよバカ！　来ちゃったよ！
母　奈津子ちゃん。
父　奈津子！
母　あなた。（と制す）
父　お前なぁ、いくらなんでもこれは！

と、父、娘の部屋のドアをあける。
当然だが、中には注射もうんちも布団もなかった。

奈津子　なによ。
父　……。
奈津子　ちょっと。なに？（と、おかしいんじゃない？　とでも言いた気に言って、ひっこんだ）
母　とっさに隠したんだわ。叱ったら駄目よ、叱ったら負け。

と、その時、先ほどから母と父が口にしていた兄夫婦（以下、おじ・おばと表記）が、浩一とともにやってきた。

おじ・おば　こんにちは。
母　あ、いらっしゃい。（と階下へ）
浩一　ああ、いま偶然そこでパパ達と。
母　あ、そうですか。
浩一　まあ、入ってよ。

父だけ階上にとり残される。
ザワザワと奥へ進んだ人々、ポロ袋に頭をつっこんで奇妙なポーズをとっている祖父を発見して、しばし了然としていたが。

祖父　よ。

浩一　よ。

皆、それぞれ月並みなあいさつを交わしつつ座についた。

祖父　どうもごぶさたしております。

と、祖父がおじぎをした瞬間、一階の人々は皆ストップモーション。

階上の父、さめざめと泣きはじめる。

音楽。

みのすけ　（観客に）父さんは泣いていました……ぼくには、泣いている父さんの人生がとても悲しく思われました……母さんの人生も、姉ちゃんの人生も、居候の浩一さんの人生も、そしてぼくの人生も、みんなの人生が、すべてとても悲しく思われました……

父、泣き続けるなか、溶暗。

5

波の音。

溶明。

ふんどし一丁でベッドに横たわっている祖父。

医者　おはようございます。比留間さん。

祖父　おはようございます。

医者　どうです、御気分のほうは。

祖父　はい、なかなかスッキリしています。

医者　なかなかスッキリか、それはよかったですね。顔色も良いようだ。

祖父　先生。

医者　なんですか。

祖父　外を散歩したいのですが……

医者　外を。

祖父　はい、もうずいぶん外へ出ていません。外は海なんですよね……？

医者　どうしてですか？

祖父　だって……聞こえてる……ずっと……波の音が……

医者　残念ですが、許可するわけにはまいりません……

祖父　どうして。

医者　お気持ちは分かりますが……

祖父　大丈夫ですよ。私は、何でもありません。

医者　比留間さん、何でもなかったら、こんな病院入ってやしませんよ。

祖父　……。

医者　どうやら自覚なさってらっしゃらないようですが、あなたには、いろいろと問題があるんです。

祖父　問題？

医者　問題です。

祖父　例えば？

医者　例えば……その格好とか……

祖父　あ！（あわててパジャマを着はじめる）

医者　実際にはいない誰かと病院中を行進して歩くとか。

祖父　なんですか、それは。

医者　覚えてなければ結構です。きっと良くなると思いますよ。私、回診がありますんで、これで。

（行こうとした）

祖父　（呼び止めて）先生。

医者　（立ち止まった）

祖父　この病院……陶器山の上にあるんですよね？

医者、答えずに去った。

祖父　先生……

行ってしまった。

祖父　実際にはいない誰かと病院中を行進して歩くだ!?　何をバカなこと言っ、

と、その時、音楽が高なり、とたんに祖父、行進して去った。
入れ替わるように行進しながら、みのすけ、宝田、杉田、丸星、岬がきた。

丸星　それではこれよりパーティを始める！　品川先輩は例によって迷子だけど、きっとすぐ来るだろ。

全員、拍手喝采。

丸星　それではまず、プログラム一番、はじめのコトバ、ジジイの岬くん。

岬　ハイ。

全員、ストップモーション。
みのすけ、心の中で、丸星が全然老けていない岬をさして「ジジイの岬」と言ったコトに疑問を持つ。

みのすけ　じじい？　じじいって、この人のドコがじじいなんだ……

以下の台詞は、すべての心の声として発せられる。

丸星　おっ、ヒルマの奴、思った通り不審がってるな。こいつを初めて紹介した時は、誰もがこんな顔して悩むんだ。へへへへ。（と、嬉しそうに笑う）
宝田　不思議がってる。不思議がってる。じじの岬。へへーんだ。（と、嬉しそうに笑う）
岬　悩んでる悩んでる。こいつ、どう思ってるんだろ。僕の名字が「ジジイノミサキ」なのかな、なんて考えてるとしたらコイツ、キチガイだな。
みのすけ　こいつ、名字がジジイノミサキっていうのかもしれないな。
岬　ゆかいゆかい。ハーン、ハーン、ハーン。（と、笑う）
杉田　しいたけって、たしかキノコのなかまだったですね。へへへへ。（と、笑う）

皆、杉田を見る。
以下、実際のセリフに戻る。

みのすけ　あの……
丸星　（嬉しそうに）何？　何が聞きたいの、え、何？

全員、満面の笑顔でみのすけに顔をすり寄せてくるのでみのすけ、困惑。

みのすけ　いや……やっぱりいいや。
丸星　ヘンなヤツだなぁ。
宝田・岬　（口々に）うん、ヘンなヤツ。（等々）
丸星　それじゃあプログラム一番、はじめのコトバ、ジジイの岬くん！
岬　ハイ、では。

みのすけ、やはり気になって。

みのすけ　あの……
全員　なんだよぉ。
みのすけ　いや……もしかして君の名前、ジジイノミサキっていうの？

全員、一勢にプッと吹き出す。

みのすけ　……なワケ、ないよね。
丸星　それではジジイの岬くん。
岬　はじめの言葉。岬賢司。ぼくは生まれた時、赤ん坊でした。五歳の時、赤ん坊でした。十歳の時、赤ん坊でした。中学の卒業祝いはガラガラでした。お礼のコトバはバブバブでした。お母さんは僕を叱る時、もう〝もう赤ん坊じゃないんだから〟とは言えませんでした。赤ん坊だったからです。高校に入った時の体重が九〇〇グラム。ベビーフェイスでした。ベビーだったからです。ロックの人がイェイベイビーって言うと、嬉しかったです。そんな僕に、ある日悲劇が起こりました。老化症です。老化症にかかったんです。おそるべき速さで老けはじめた僕は、いまはずいぶん大人。体重も二か月前の八〇倍になりました。このままいくと三か月後には百六十歳です。僕はあと二か月足らずの命との宣告を受けたのでした。
みのすけ　二か月足らず……
岬　入院したばかりの、院内をハイハイしていた頃の僕を知ってる人は、顔を合わせる度に驚いてこう言います。

宝田　お前、老けたなぁ。
丸星　おうジジイ！
杉田　しいたけちゃん。

全員、杉田を見る。

岬　これが僕が、ジジイの岬、と呼ばれているワケなのでした。ヒルマくん、もったいぶってゴメンナサイ。みんな、友達になりたいんです。
皆　友達になりたいんです。
岬　きっかけが欲しかったんです！

岬、なんだか奇妙な声で泣く。

岬　一緒に病院から抜け出そうよぅ。
皆　抜け出そうよぅ。

皆、泣き出す。
みのすけ泣き出す。
しばしの後、皆、泣きやみ笑い出す。
みのすけ笑い出す。
全員、笑う。
握手する。

ゴキゲンな音楽。

全員、彼らなりに踊ったりする。

以下、踊りながら。

みのすけ　ところでみんな、明日の朝、本当にここから抜け出すのか？
丸星　そうさ！　秘密の窓が見つかったんだ。
みのすけ　秘密の窓？
宝田　外が覗《のぞ》ける窓があったのさ、へへーんだ。
みのすけ　外を覗いて見たのか！　海があったか？　この建物は、この建物はどんなだった？
岬　覗いてねぇ。
杉田　ボキたちは誰も覗いてないどん。
丸星　それにしても品川先輩、遅いなぁ。

と、その時、ドサッという音とともに四人の頭上から瀕死の品川が落ちてきた。

プスプスという音とともに、焼け焦げた皮から煙が出ている。

ちなみにあたりまえだが、演出的にはこれは人形を使う。ややこしいので便宜上、以下、品川（人形）と記すことにする。

皆　品川先輩！
みのすけ　丸焦げだ。
杉田　あららら……。

品川（人形）　う……（苦しそうに大脱走マーチを唄う）

皆、元気なく唄う。

品川　脱出する！　脱出！
宝田　品川先輩！
丸星　誰にやられたんですか、先輩。
品川（人形）　ガンパンパ！　ガンパ・ガンパ・ガンパンパ！
丸星　ダメだ、いままで黙ってたけど、品川先輩、ちょっとバカだ！

上段で、本書62～63ページで行なわれた医者と医員長の密談シーンが再現される。

医院長　これじゃあ、まるで私が悪いことをいっぱいしてるみたいじゃないか。
医者　そんな言い方をしたら、してないみたいじゃないですか。
二人　アハハハハ。
医院長　ガンパ。
医者　ガンパ。
二人　ガンパンパ！　ハハハハハ。

上石、来た。

医者　上石君。
上石　院長まで。

医院長　いや……。
上石　もし誰かに見られたらどうするんですか。我々がガンパンパ星人だと言うことが一瞬にしてバレてしまいますよ。

というわけで、どうやら彼らはガンパンパ星人なのだった。
向原と五本木が、品川を羽交い締めにして連れてきた。

向原　院長。
五本木　（品川のことを）こんなものが落ちてました。
品川　（よくわかっておらず）ガンパンパ！

医者と医院長と看護婦達、皆、「聞かれていた！」とばかりに顔を合わせた。

医院長　処分しなさい！
看護婦達　はい！

看護婦三人、品川を連れていく。
医院長、医者、去る。
品川、ごきげんに大脱走マーチを唄いながら去っていった。
で、袖から声のみが聞こえてくる。

看護婦達の声　ピーーーー。（光線の音らしい）
品川の声　うあっ。（やられたらしい）

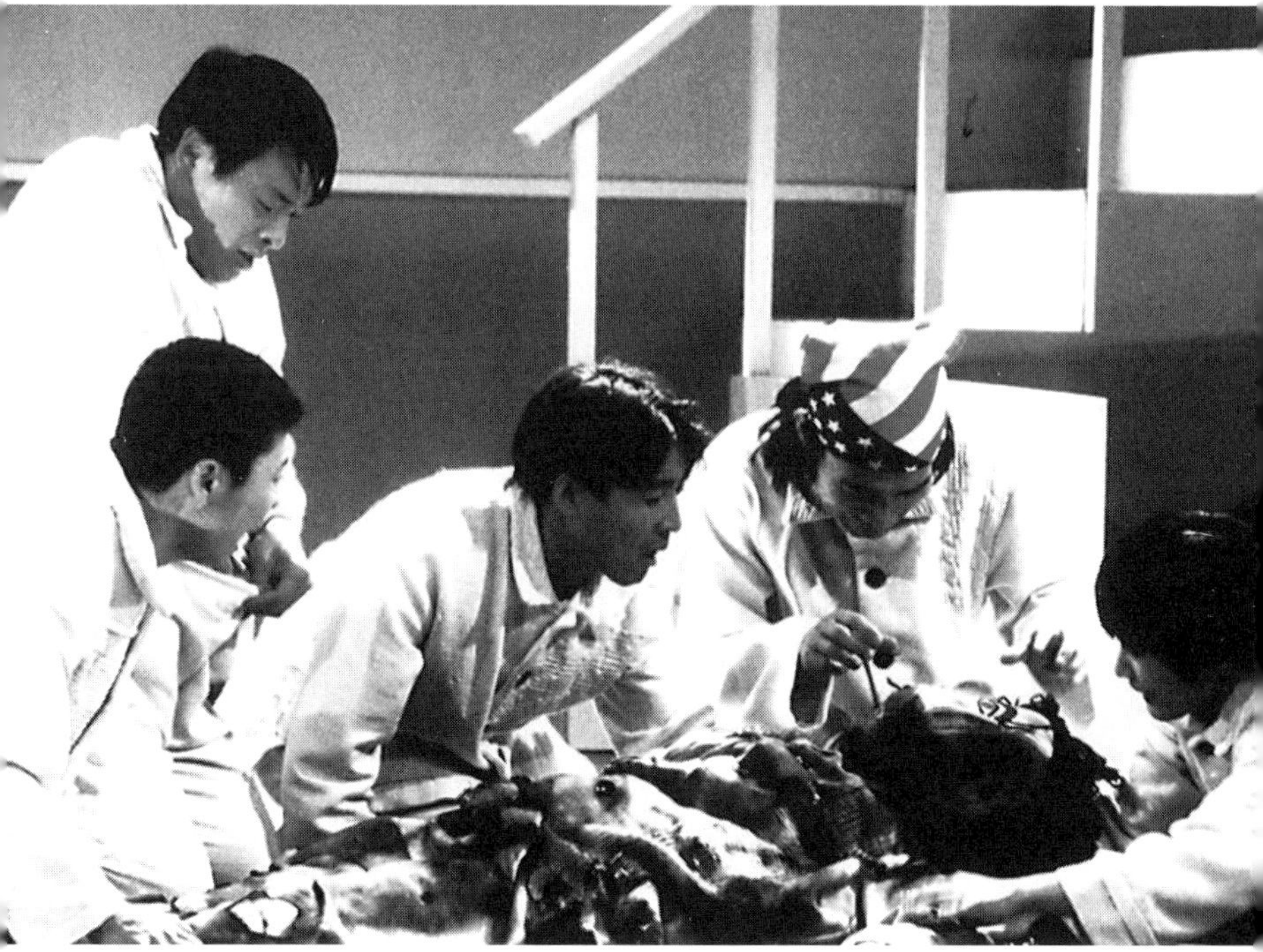

◉
「誰にやられたんですか、先輩」

下の段に明かり。

岬　ガンパンパ光線にやられたんだ！

品川（人形）　脱出する！　脱……（ガクリ）

品川、息絶えた。

皆　品川先輩！

みのすけ　ちくしょう。必ずカタキはうってやるからな。

丸星　パーティを続ける！（皆、なぜという顔で見る）品川先輩も一緒だ！

岬　ハーーーーンハンハンハンハン。

丸星　ハンハン泣くな！　ジジイの岬！　プログラム2番、人形劇！　杉田。

杉田　はい！

人形劇のための屋台を丸星と宝田が運んできた。
屋台の中に丸星と宝田が入る。

みのすけ　さあ、品川先輩。しっかり見て……

品川の首、ガクンとなってしまう。

みのすけ　しっかり見て……

ガクンとなってしまう。
みのすけ、イライラしてきて、

みのすけ　いくじなし！

と、人形の足を持って何度も床に叩きつきた。

岬　やみろーーーー！　やみろーーーーー！　ハンハンハンハン。
みのすけ　ハンハン泣くな！

人形劇、始まった。
杉田が声をやっている。

人形A　こんにちは。
人形B　はい、こんにちは。
人形A　品川先輩は丸焦げですね。
人形B　はい、死んじゃいました。
岬　（泣く）
みのすけ　隠れろ！

みのすけと岬、品川の遺体を連れて去った。杉田は人形劇の箱の中に隠れた。
医者と医院長と看護婦が来た。

向原　いま、確かに、こっちで物音が。

医者達、みのすけ達をさがす。

杉田、幕の間から顔を出す。首から下は人形になっており、杉田はあたかも人形のようだ。

と、なぜか人形Ａが杉田をひっぱたいた。

杉田、反射的に医者をひっぱたく。

医者　痛!?

医者、振り向くが杉田には気づかない。

医者　(やっと気づいて)あ!

医者が捕まえようとしたとたん、暗転。

医者　ああ!

暗闇の中、杉田の声。

杉田　10分間の休憩。

それで10分間の休憩に入る。

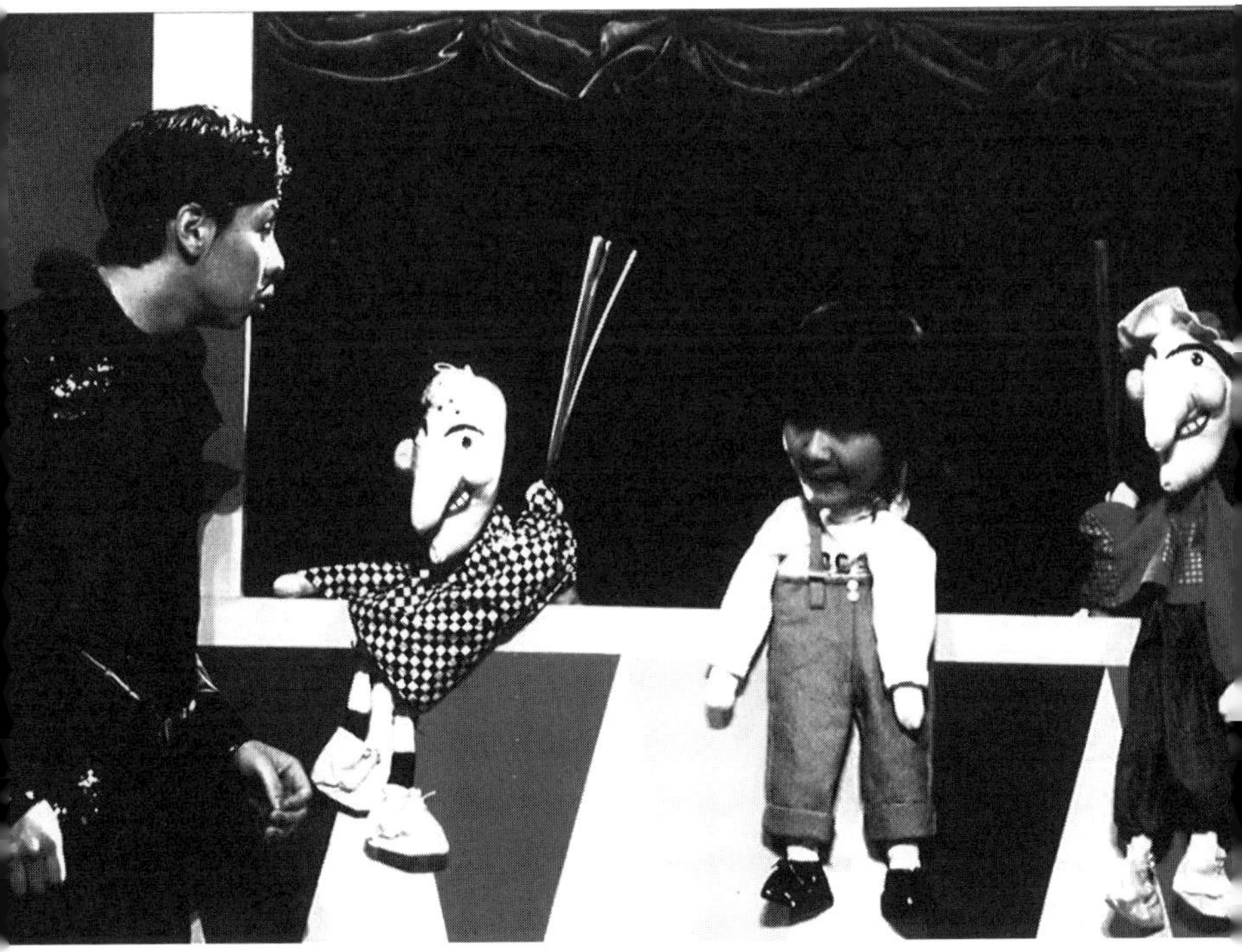

◉
「10分間の休憩」

6

茶の間。夜も更けてきた時刻。
父、母、おじ、おば。
二階下手の部屋には奈津子、三宅、千絵。
中央にはみのすけと猿。
上手には浩一。

茶の間の皆　アハハハハ。
おじ　それでね、お前一体誰なんだって言ってやったんだ。そしたらその郵便配達の奴、なんて言ったと思います？　そいつ。
皆　（興味深気）……。
おじ　「スガモの次です」
皆　……？
おじ　夢ってのは、なんだかよくわかんねぇやなぁ。
皆、なんだかスッキリしなかったが、話はそれで終わりだったので、合わせるようにして笑った。
祖父　（突如）どうもごぶさたしております。

おば　お元気そうでなによりでございます。
母　おじいちゃん、あいさつはさっき、もうしたでしょ。
祖父　おかまいも致しませんで。今日はどちらから？
おば　どちらかって、下田から。
祖父　あー、そうですか。私も下田なんですよ。
おじ　あら、あたりまえ。おやじが下田だから、俺も下田なの。
祖父　ああ、そうですか。
おじ　ああ、そうですかだって、まったくオヤジの冗談にはかなわねえよなあ、あれか？　ユダヤ人ジョークか？
おば　（母に小声で）冬子さん……お父さん……（ボケてるの？）
母　（あいまいに、うなずいたような）……。
おじ　ところで、浩ちゃんのことではいろいろとお世話になってすみません。やっぱり東京にやってよかったって感じだ。いまも勉強してるのかね。
母　さあ……してるんじゃないかしら。見えないから、わからないけど。
おじ　そりゃそうだ、見えなきゃわかりません。アハハハハ。

家族の明かり、暗くなって、浩一の部屋に明かり入る。浩一、電話をしていた。

浩一　くそ暑くて、汗びっしょりよ。クーラーも入れてくれねぇんだ、ここの貧乏夫婦。え？　扇風機なんか効きやしないよ、室町時代じゃないんだから。そうだよ、言ってること出鱈目よ。ボケじじいと一緒に住んでるとね、こっちまでボケちゃうの、まあ、こづかいくれっから我慢してやってっけど。一日一万ずつくれるんだよ、ホントホント、向こうは気づいてないけどハハハハハ。それよりエっちゃん、今度二万でやらしてよ。冗談じゃないって、だって聞いたよ、一ノ瀬が三万でやらしてもらったって。誰に聞いたって、一ノ瀬だよ。ホラ、バレちゃった、バレちゃいました。エっちゃんのエは、援助交際のエだ。じじいが言うんだよ、そんな風なこと。知らねぇよ、言うんだもん。いいんだよ、勉強なんか。世の中、学歴じゃないよ、だから二万でやらしてよ。え？　物価高の折りって、エっちゃん、金の亡者かよ。いいじゃねえかよ、ブスのくせに。あっ（切られてしまった）……やる気ねえなあ、秀樹見習えよ。

階下に明かり入る。

おじ　ところで、奈っちゃん、キレイになったわねぇ。
母　いえいえそんなこと。
おじ　あんたじゃなくて、奈っちゃんだよ。
母　ああ、いえ、はあ……
おじ　（しみじみと）高三か……（おばに）お前知ってっか？　高校三年生のことを、高三と言うんです。
おば　知ってますよ。失礼ねぇ、（祖父に）ねぇ。
おじ　勉強してるのか？
母　さあ、どうでしょう、見えないから
おじ　（遮って）わかりませんか、アハハハハ。（突如激昂して）このアマァ！　人のこと、おちょくってんのかぁ！

場が緊張する。

父　兄さん！

おじ　めーん（と扇子でコツリと父の頭を叩き）すきだらけえ、なんてな。（冗談だったのだ。ちゃぶ台をひっくり返すマネをして）バーン！　なんて。アハハハハ。

祖父、真似るようにしてお茶をおじの頭からかける。

祖父　びしゃー！　なんてか、アハハハハ。

母・父　あっ！

間。

おじ　……。

祖父、笑っている。

おじ　おやじ、冗談へビーだぞ、ハハハ……

父　とうさん……

母　すみません！　いま。（とひっこんだ）

おじ　（ひっこんでいく母に）あなたが謝ることは、ございません。私の父親ですから。

おば　そうよ、このじじい、なんて。（と、祖父の後頭部をこづく）

おじ　（おばの後頭部を思い切りひっぱたいて）お前がやるな、お前がやるな。義彦……実は、ものは相談なんだがな……。

父　なんだい、あらたまって……

母、タオルを持ってきた。

おじ、それは受けとらず、かばんからドライヤーを出すと、お茶で濡れた髪の毛を乾かしはじめる。

父・母　……。

奈津子の部屋の明かり、つく。

今津　バカ！（と千絵をひっぱたいた）

千絵　（わっと泣いた）

奈津子　ちょっと……！　謝りなよ！

千絵　いいの、私が悪いんだから。

今津　あたりまえじゃん、金原さんの身にもなれよ！

千絵　っていうか、あたしが必死こいてバイトしてんのに金原先輩、なんかへんな光モノジャラジャラの女に鼻下《はなした》のび夫で。だってその有馬とかいう女、ヘラヘラしちゃって、〝あたしの名前はマリアで、上から読んでも下から読んでもアリママリアなの〟とか、くっだらないこと言ってるから、〝そんなの自慢にならないじゃないですか〟って言ったら、〝自慢じゃないわ、ただの事実よ〟って。もう超むかついてぇ、トイレ行ってるスキにその女の酒にちょっと、目薬ひとびん入れたらなぁんか、意識なくなっちゃって、みんな大騒ぎするし、なんか、謝るに謝れないじゃん私ぃ、みたいな。

奈津子　なんじゃそれ、って感じだけど、（今津に）ひっぱたくことないんじゃないの？
今津　俺もひっぱたいた瞬間からそう思ってる。
奈津子　だったら謝りなさいよ。
今津　……。（謝るのが気恥ずかしくて）鎖骨、折れてない？なんつって。
千絵　ほっぺに、サ骨ないから。
奈津子　ちゃんと謝りなよ。
今津　だって。

と、その時、千絵の白たまごっちが鳴るので、

千絵　あ、金原先輩、機嫌が悪い。

千絵、たまごっちと遊んであげながら。

今津　え？　何、そのたまごっち、金原さんなの？
千絵　まあね。
今津　たまごっちの金原、略してタマキン？　なんつって。
奈津子・千絵　……。
今津　でもその、金原先輩、白く塗ってあるの、ミエミエだよ。ニセ白タマキン。
千絵　だって、もらった時から塗ってあったんだもん。
今津　誰からもらったの。
千絵　マルメン。

奈津子・今津　マルメン!?
今津　なに、マルメンそうなの!?
千絵　そうって？
今津　やっちゃった？
千絵　ちょっと、吐くよホントに。
奈津子　やめてよ。
千絵　気持ち悪かったけど、くれるっていうんだもん。ニセモノだなんて思わなかったからさぁ。
奈津子　ねえ、マルメンて、どうしてマルメン？
千絵　え？（言ってることがわからない）
奈津子　どうしてマルメンていうあだ名なの？
千絵　ああ、なに突然哲学的なこと言い出すのかと思っちゃった。
奈津子　ねえ、どうしてマルメン？
千絵　マルクス＆メンデルスゾーンでしょ。

少しの間。

今津　なにぃぃぃ!?

茶の間の明かり、つく。

父　ヨウジョ？
母　ヨウジョってあの、ヨウジョですか？

おじ　そうそう。奈津子ちゃんが欲しいなー、なんて。ちょうだい、なんて。
父　（安心して妻に）冗談だ。
母　ああ。（安心した）
おじ　冗談じゃないよ。なぁ、義彦、この目が冗談を言ってる目に見えるか？
父・母・祖父　（口々に）見える見える。
おじ　このヤロ、オヤジまで。あのな、義彦な、ここで詳しく話すのはあえて避けるけど、奈っちゃんを養女に下さいな。
父　どうして避けるんだよ。
おじ　じゃ、こうしよう、奈っちゃん二十年ばかり貸してくれ。
父　兄貴、あんた自分が何言ってるかわかってんのか。
おば　いい話なんですよ。
おじ　バカ、お前。
おば　死にぞこないの大金持ちがね、若いお嫁さん探してて、この人（おじのこと）の親友のお父さんなんですけどね。
父　なんだ、金目当てか。
おじ　人を悪人みたいに言うなよ。人間、結局は金目当てじゃございませんか。
おば　どうせ相手はすぐ死ぬし、ねぇ。
母　そんなにお金持ちだったら、有名な方なんですか？
父　冬子！
おじ　うん、わりと……地元に帰れば。

母　郷里《さと》はどこなんですか？
おじ　エジプト。

間。

父　エジプト人……
おじ　エジプト人だ、九十六歳の。
母　おうちはピラミッドなの？
祖父　よし、やる。エジプトくんなら、やる。
父　冗談じゃないよ。
母　（祖父に）奈津子ミイラになっちゃいますよ。
父　そんなこたぁないよ。
母　あら、あなた、どっちの味方なの。
父　どっちって。
おじ　あのなあ、エジプトっていうのは、そんなに悪い国じゃあ、ありませんよ。（おばに）おい。

おば、エジプトの地図をひろげながら。

おじ　いいですか、紀元前三千年、古代エジプト文明がこの地に。
父　地図まで持ってきたのか！

ふと見ると、奈津子が降りてきていたので皆、黙った。（祖父は気にしていない）

奈津子　何、おじさんエジプト行くの？
おじ　……うん……行くの。
奈津子　いいなぁ……超うらやましい。（母に）何かつまむものない？

おじとおば、笑顔で顔を見合わせた。

おじ　そうか、超うらやましいか、奈っちゃん。おじさんはチョウ（腸）が痛い。なんて。
奈津子　（仕方なく笑って、再び母に）ねぇ、つまむもの。
祖父　ニキニキちゃん。
奈津子　（もう、そう呼ばれることに慣れている）なに？
父・母　元気で行ってきてね。
奈津子　（同時に）父さん……。おじいちゃん……
父　（祖父に）え？　ニキニキちゃんは、どこにも行かんぞよ。
母　ほらみろ！　どこにも行かんぞよ。
奈津子　ニキニキちゃんは、いつでもここにいるのよ。
おば　いつでもはいないけどさ……
おじ　あの、ここじゃ、あれだから外、出ません？　ちょっと四人で、ねぇ。
　ああ、それがいい、ここじゃニキニキちゃんにもなんだし、上のペケペケちゃんやコロコロちゃんにもアレでしょうからね。
母　いまからですか。
父　そのほうがいいかもしれない。いろいろと。

と皆、立ち上がったので、

奈津子　何？　どこ行くの？

父　ちょっとな。

祖父　カンキチくんの話をな。（と一緒に行こうとする）

父　（祖父を制して）おやじは留守番しててくれ、な、ニキニキちゃんと。

奈津子　話、あるんだけどな。

母　すぐ戻ってくるから、ね。お菓子なんか、そこらへんにあるものを。いつまでも遊んでちゃ、超ダメよ。

おじ　奈っちゃんごめんね。超ごめんなさい。

母　あ、それから、電話あったわよ。

奈津子　……！　誰から!?

母　二件。松なんとかさんと、山なんとかさん。

おじ　松平健と山城新伍。（冗談だ、もちろん）

母　そんな有名人じゃなくて。（とマジメにうける）

父　あたりまえだろ。

奈津子　（突然大声で）どうして、もっと早く言ってくれないの!?

父　（驚くと同時に怒り、かつ混乱しながら）なんだ！　どうしてそんなにムキになるんだ！　誰だ、その松なんとかと山なんとかっていうコンビは。

おば　別にコンビじゃないでしょ。

奈津子　（母に）なんて言ってたの!?
母　いないって言ったら、じゃあよかですって。
父　なんだ！　九州男か！
おじ　（喜々として）奈っちゃん、暑い地方の男好きか？
父　兄さんは黙ってろ！
奈津子　違くって、そっちじゃないほう！
母　（思い出しながら）写真のことは気にしてないって、そう言えばわかるって。なに、写真の写りがわるかったかなんかしたの？　その人の？
おば　ピンボケに写るのは、自分がピンボケだからよ。
おじ　うまいこと言うね、ハハハハ。
父　兄さんは、うるさいよ！
奈津子　もういいから、早く行ってよ!!

奈津子のあまりの語気の強さに、皆、一瞬沈黙。
ふと奈津子が上を見ると、千絵と今津が覗き込んでいた。

千絵　（バツが悪そうに）なに、ヒステリックグラマー？
奈津子　んーんー、全然問題ない。（父達に）行ってらっしゃい。
父　（上では二人が見ているので）うん、行ってくるぞ。（二人に）ゆっくりしていきたまえよ。
千絵・今津　（小さく）はあ……

皆、出かけていった。

奈津子、壁掛け式のコードレスホンを持ってくるとダイヤルし、耳にあてるが、すぐに切った。

奈津子　キャッチホンにしろよ……

祖父　ニキニキちゃん。

奈津子　ん。

祖父　どうしたの。

奈津子　話し中。

祖父　ああ、そうか。（とひどく感心した）

奈津子　（笑って）おじいちゃん、何にでも感心するよね。

祖父　ああ、そうですかぁ。（と、そのことにも感心するので）

奈津子　ほら。

祖父　（目上に対するような態度になって）いやぁ、こう、何かボンヤリしましてなぁ、どうもいけません。

奈津子　いけませんか。私も、どうもいけません。

祖父　いけませんか。

奈津子　いけませんね。

祖父　どこが、お悪いんです？

奈津子　さあ、どこがお悪いんだか、医者はハッキリ言っちゃくれないんですけどね、恋わずらいなんじゃないですかねぇ。

祖父　ああ、そりゃ、原因はタンパク質の摂り過ぎだなぁ……
奈津子　（クスリと笑う）
祖父　この間もね、うちの孫に言ってやったんですけどね、四十一歳地動説って。
奈津子　ああ、ドビッシーのね。
祖父　カンキチの話ね。
奈津子　（吹き出して）私、少々、テレホンをば試みますので。
祖父　（奈津子に敬礼《けいれい》して）ハッ。なんなりと、仰る通りであります。
奈津子　うむ、よろしい。

奈津子、再び電話をダイヤルしていると、今津と千絵が降りてきた。

今津　（下りながら千絵に）俺、ここのじいちゃん苦手なんだよ。
千絵　（今津に）電話中だ。

奈津子、二人に気づくと、すぐに電話を切った。

今津　そろそろ帰るわ。
奈津子　もう少しいれば？
千絵　宿題の対策、練らないと。
奈津子　あれ!?　やるの？
今津　やるんじゃなくて、やらないですむ対策練るの。誰？
奈津子　ん？

今津　（今かけてた）電話。
奈津子　（動揺を隠して）あ、松岡。（嘘である）
千絵　ああ左門。
奈津子　夕方かけてきたらしいんだ。
今津　（その左門というあだ名の松岡のマネをして）奈津子さん、おりんしゃっとでしょうか。
千絵　ば、ばってんおいどんは。奈津子さんのこつば、まっこつ。
奈津子　やめてよ、気持ち悪い。
千絵　何、謝りの電話かなぁ、例の写真の件。
奈津子　さあ。
今津　あれ奈津子、左門家の電話番号なんか知ってたんだ。

と、これらの会話は、舞台下手の階段のごく近くで行なわれていたのだが。

祖父　（今津に手招きしながら大声で）おい！　そこの男！
今津　（反射的に）すいません、どうもすいません！
奈津子　何謝ってんの。
今津　自分でもよくわかんないんだけど、何だか俺につらくあたるのよ、お宅のじいちゃん。この前、沢田病院の裏の公園でバッタリ会った時もさ、「ちあーす」って言ったら、コワイ目して「グローバルな視点を持て」って。
祖父　おい！　いいからこっち！
千絵　（半分面白がって）行ってくりゃいいじゃん。

今津　やだよ。
祖父　馬鹿者！　全員だ全員！
千絵　（とたんに不安そうに）どうしよう。
奈津子　大丈夫、全然問題ないって。（と行く）

今津と千絵もついてきた。

祖父　（急に高級レストランのウェイターのように）いらっしゃいませ。どうぞこちらへ。（ちゃぶ台へ座る）
奈津子　どうぞだって。どうぞどうぞ。
今津　（あっけにとられるが）あ、どうも、奈津子さんのお友達の今津と申します。

奈津子、電話をとる。

祖父　奈津子をよろしく頼みますよ。
今津　え。
祖父　幸せにしてやって下さいね。
今津　……いいおじいさまじゃないか。
祖父　ニキニキちゃんも、奈津子をよろしくね。
奈津子　はいはい。
今津　あ？
千絵　あ、私、大森千絵です。おじゃましてます。

祖父　いやいや知恵はね、じゃまなんかじゃありませんよ。あればあるほどいいのです。大盛りならばバンバンジーです。

少しの間。

千絵　いい味、出してんじゃん。大盛りならばバンバンジーです。
今津　（祖父のマネをして）大森山のチンパンジーです。
奈津子・千絵　つまんねー。（笑う）
祖父　そうですか。チンパンジーは、今日もお猿さんですか？
今津　はい、水曜日だけ、みのもんたです。（みのもんたのマネをした）
奈津子・千絵　似てねー。（笑う）
今津　うるせー、お前やってみろよ。
祖父　なるほど、病院生活は大変ですね。あなた方も、恋わずらいですか？
千絵　え？
奈津子　（あわてて遮るように）おじいちゃん、テレビ見る？

奈津子、立ち上がりながらテレビのほうへ。

千絵　（勘違いして）おじいちゃん、恋してるんだぁ、ヤングバリバリィ。
奈津子　……。
祖父　病院は、あれはどうも好かんです。病院はね、あれはあれですよ、恐ろしいですよ。
今津　ほお、そんなにおそろしいかね。

祖父　はい、品川先輩がやられましたからね。
今津　ほお品川の奴が……すると次は田町だな。
千絵　言うと思った。
今津　うるせえや。
祖父　ガンパンパ光線で焼き殺されたんです。
今津　あ、ガンパンパ光線か、あれに焼かれるとあついんだ、アレに焼かれた真黒な男達が六本木でウヨウヨ踊っておる。
祖父　（ショックを受けて）踊っているのでありますか!?
今津　だけど、もう大丈夫、実は私はこんな格好をしているが、これは仮の姿。誰にも言わないと約束できるか？
千絵　アハハ。
奈津子　今津（ちょっとやり過ぎだよ）。
祖父　（立ち上がって）は。お約束するであります。
今津　私は地球を守るためにチンパンパ星からやってきた正義の使者、チンパンパマン（キメフレーズとキメポーズ）だ！
奈津子　今津、やめなよ。
祖父　チンパンパマン！
今津　よおし、そこまでだ。トォ！

今津、調子に乗ってチンパンパパンチとかチンパンパキックとか、あげくの果てにはチンパンパダンスとか踊ったりしてると、突如、電話が鳴る。
ノッていた今津、イキオイで受話器をとって。

今津　しもしも、なんちゃって。
奈津子　今津！（と受話器を奪いとろうとするが）
今津　なんだ、左門か。

奈津子、奪いとろうとする意志がとたんに薄れた。

今津　俺だよ、今津だよ。え、なぜって、ちょっとね、アリロー。それより、おはんは誰と長電話しちょったとですか。（相手が〝なんのことか〟と言ったのだろう）え……ばってん、奈津子がさっき……

今津、奈津子を見た。
さっきかけていた電話は別の誰かであったこと、そしてその相手はおそらく「山なんとか」という男であろうことを悟ったのだ。

今津　（元気なく）ちょっと……待ちんしゃい……。（奈津子に）左門。
奈津子　話すことはないって言って。
今津　……ばってん……
千絵　私が言ったる。（出て）もしぃ、大森だけど。そうよ、ピクミー大森よ。奈津子が話すことはないって。（奈津子に）あれ、じゃあ、どうしてさっきかけてたの？（と全然わかってない）あんた話し中だったんでしょ。「記憶になし夫」ってあれ。……ともかく奈津子、怒りまくりマンボ。（奈津子に）あやまりい来るって、ネガ持って。

※千絵のしゃべりとダブって※

祖父　地球は頼んだぞ、チンパンパマン！
今津　はぁ……こちらこそ……（と落ち込んだ）

奈津子　（受話器を取って）もしもし、比留間だけど、必要なし。（切った）

沈黙。
その頃、階上では浩一が奈津子の部屋に忍び込もうとしていた。中央のみのすけ、それに気づいて、

みのすけ　おい、何やってんだ。

だが、みのすけの声は例によって届かない。
浩一、奈津子のカバンを開けて中をゴソゴソやっている。
みのすけ、奈津子の部屋へ駆け込んだ。

みのすけ　お前、何やってんだよ。おい！　やめろ！

みのすけの体は浩一の体をすり抜けてしまう。

浩一、カバンから写真らしき物を出した。

みのすけ　お前、人のもの勝手に……（写真を見て、思わず）びっくり！（階下の姉に）ちょっと姉ちゃん、なんなのこの写真!?

階下の電話が鳴る。

奈津子　しつこいわね……

電話の相手は左門と呼ばれる松岡という男ではなかったらしい。

奈津子、表情が変わった。

奈津子　あ……ごめんなさい、んん、ちがうの。さっき電話したんだけど、お話し中だったみたいで……

それは明らかに、思いを寄せる男性への対応を思わせる口調だ。

今津と千絵、顔を見合わせた。

奈津子、二人にちょっとゴメンという表情をして立ち上がり、階段を上って行った。

浩一は、なにくわぬ顔で階段を降り、外へ出て行く。

みのすけ　おい、返せよ、どうするんだ、その写真。あ、コピーとりに行くような気がする！　そうだろ、コピーだろ！　やめろよ。ちょっと待てよ！

みのすけ、浩一を追って出ていく。

奈津子、受話器に、ええ、ええ、などと言いながら自分の部屋へ。

今津　山之内の名を口にするな。山之内。山之内。やめろ。帰ろう。

千絵　(今津に)もしかして、例のお相手？　山之内とかいう。

そこへ、写真部の連中が来た。

写真部員達　今晩は。

今津　左門達だ。

千絵　速ぇ。写真部全員で来たんじゃないの？

写真部員達　せーの、こんばんはぁ。

千絵　せーのじゃないよ。(大声で)奈津子いいよ、私達が追い返す。

祖父　いらっしゃいませ。どうぞ。

千絵　(思わず祖父に)バカ！(と言ってから口を押さえた)

写真部員達　せーの、おじゃましまーーーす。

写真部、全員カメラを持っていた。

入って来るなり写真を撮っているヤツもいる。

祖父はポーズをとった。

千絵　ちょっと、写真撮らないでよ！　あんたたち、(中の一人に)あやまりに来たんでしょ。

左門　はぁ、この度は、奈津子さんの恥ずかしい写真を、偶然居合わせたとはいえ、本人に内緒で撮ってしまったこつば、まっこつ悪かことしたなぁ……奈津子さんは？

千絵　いいから、ネガば置いて早く帰りんしゃい！

左門　ばってん、被害者は奈津子さんですから、奈津子さんに直接あやまった方がええんちゃうかなぁ……

千絵　？

左門　大阪にも、二年いたことがあるねんで。

千絵　ネガ。

左門、千絵に写真のネガを渡した。

誰か　せーの。

写真部員達　おじゃましました。

写真部員達、去る。

今津　帰ります。おじゃましました。

祖父　ああ、そうか。

千絵　ちょっと、ちょっと待ってよ。おじゃましました。（奈津子に）帰るわ。

奈津子が二階の階段上から顔を出した時には、もう二人ともいなかった。

祖父　ありがとうございました。

奈津子　（電話の向こうに）ありがとうございます。でも、私の知り合いがやったことだから、やっぱり私の責任だと思います。私じゃなかったら写真なんか撮らなかったと思うし……。（何か相手が話した）はい。（少し言うのをためらって）あの……予定通り発《た》つんですか？……（明るく）そうですか……はい……はい……それじゃあ……あの、気をつけて……さようなら……

奈津子、電話を切った。タメイキ。
ややあって、電話を戻すために下に降りていこうとすると、浩一とみのすけが戻ってきた。

みのすけ　やっぱりコピーした！　思った通り！　やっぱりコピーした！

浩一とみのすけ、上手の階段から階上へ。
奈津子、降りて来てふと見ると、祖父が千絵の置いていったネガを見ていた。

祖父　ああ……ニキニキちゃん、チューーーしてんだ……

奈津子　……。

静寂。奈津子、すすり泣く。

祖父　（泣いている奈津子を見て）ニキニキちゃん……

間。
溶暗。

7

医者がいる。診察室らしい。
患者の少女、入ってくる。

少女　お願いします。
医者　どうしました？
少女　ハイ、最近眠れないんです。

と、とたんに眠ってしまう。

医者　お仕事のほうは……。（気づいて）眠っている！　眠れないと言っていたのに……

医者、あらぬことを考える。

医者　もしもし……、（大声で）おい、誰もいないのか!?　休憩時間じゃないぞ！　上石くん！

医者、患者を背後から覗き込むようにして見る。

医者　おい、誰もいないのか！（嬉しそうに）何やってんだ、まだ休憩じゃないぞ、馬鹿どもが。誰もいないんだな！　何やってんだ、ったく……

医者、患者の胸に触れようと手をのばすが、ぎりぎりのところで思いとどまる。

ポローン、という音とともに、悪魔、上段に出てくる。

悪魔　やっちゃえよ！

医者　！

悪魔　やっちゃえって。誰もいねえんだろ。今なら！　今ならほら！　据え膳食わぬは男の恥よ。

医者　……。

医者が悪魔の誘惑に負けそうになったその時、同じくポローンという音とともに天使、上段に出てくる。

医者　！（天使を見、思いとどまろうとしたが）

天使　（なぜか）やっちゃえよ！　お医者さんでもたまりますー。やっちゃえってば。

悪魔・天使　（口々に）やっちゃえ！　ほら、やっちゃえ、やっちゃえ！

医者　おい！　天使はどうした！

天使　（自分の服装を確認してから）天使だよ。

医者　（悪魔をさして）じゃあ、お前は！

悪魔　悪魔だよ!!

悪魔、天使、降りてくる。

医者　おい、私には良心というものがないのか!?

天使は宝田の、悪魔は岬の変装だった。

岬　（悪魔の衣装を脱ぎ捨てると）宝田、いまだ！

宝田　うん！

宝田、どういう間違いなのか、岬に手錠をかける。

宝田　（階上に向って）ヒルマくん、つかまえたよー。

階上にみのすけ、杉田、丸星が現われた。

みのすけ　よし、いくぞ！（と去る）

岬　（手錠を見ながら）あれ、これ、なにか間違ってるよ！

宝田、岬、三人の後を追って去る。

医者　（しみじみと）そうか……俺には……良心……ないか。

医者、開き直ったのか、患者の服を脱がしはじめた。

暗転。すぐに明転。

明け方。

みのすけ、窓をあける。窓から朝日が差し込んでくる。

みのすけ　朝だ！　みんな、用意はいいか。

岬、杉田、宝田、丸星の返事が次々に聞こえてくるが、観客にはみのすけ以外の姿は見えない。

みのすけ　よし、予定通り脱出開始だ。順番にこの窓から縄梯子《なわばしご》で降りるんだ。え、縄梯子なんかない？　え、窓もない？　仕方ない、強行突破だ！　走れ。ガシャン！

みのすけ、足を罠に挟まれたのだ。

みのすけ　しまった、罠だ！

医者　ハハハハハ。

医者、現われた。

医者　とうとうつかまえた。ガシャン！　しまった。

医者も罠にかかった。
追いかけて来た看護婦達、次々と罠にかかる。

向原　ガシャン！　あ。

上石　ガシャン！　あ。

五本木　ガシャン！　あ。

女の子が現われて、花瓶を落とす。

女の子　ガシャン！　花瓶が。

ロボットが現われる。

ロボット　ガシャンガシャンガシャンガシャン。

ロボットが中央に来たあたりで、皆がア然とする中、暗転。

暗闇の中、太鼓をたたく音。

今津の声。

今津の声　（なにやら呪文）おのれ山之内！

千絵の声　今津！

千絵の声で明かりつくと、階上には二本のロウソクを頭にさした今津。

いままさに目の前のワラ人形に杭《くい》を打ち込まんとしているところだ。

傍には、和太鼓と〝死ね山之内〟などと書いたノボリ数本。

千絵　（あまりの仰々しさに）マジ？

今津　……。

暗転。すぐに明転。

みのすけ、やってくる。

みのすけ　あ、こんなところにタイムマシンが。よし、これに乗って。

みのすけ、タイムマシンに乗り込む。

みのすけ　よし、タイムマシン始動。

暗転。

タイムマシンの始動する音。

明転すると、目の前で繰りひろげられている光景はみのすけ、医者、看護婦達が罠に足を挟み、女の子が花瓶を落とした、先ほどのコントだった。

先ほどと同じようにロボットが歩き出した。

ロボット　ガシャンガシャンガシャンガシャン。

ロボット、通り過ぎる。

みのすけ　(頭を抱えて)どこに戻してるんだ俺は!

暗転。

今津の声　(なにやら呪文を叫ぶ)おのれ山之内!

千絵　今津!

千絵の声で明かりつく。

二階中央に、今津と千絵。

今津、ワラ人形に杭を打ち込もうとしている。

千絵　（あまりの仰々しさに）マジ？

今津　……。

千絵　あんた、そんなに奈津子を……

今津　あたりまえだろ……。

千絵　（何を言うかと思えば）……私じゃ、駄目？

今津　（驚いて、こちらも何を言うかと思えば）……いい。

暗転。

みのすけ、出てくる。

みのすけ　腹減ったあー。何か食べるものはないかなぁ。

隠れて待ちかまえていた医者達、ドナルドバーガーを開店しておびきよせようとする。

医者・看護婦達　こんにちは。いらっしゃいませ、ドナルドバーガーはいかがですか。

みのすけ　ごはんものがいいんだよなぁ。

みのすけ、去る。

医者・看護婦達　……。

医者達、追いかけようとしたが、とたんに大勢の客がつめかける。

医者　しまった、大繁盛だ！

暗転。

太鼓の音。

階上に明かり。

抱き合っている今津と千絵の横で、フンドシ姿の祖父が、風にフンドシをなびかせて太鼓をたたいている。

明かり、ごくごくゆっくり消えてゆく。

階下に明かり。

医者達、出てくる。

医者　ここで待っていれば、比留間のやつは必ずやってくる。

五本木　先生、私にいい考えがあります。

医者　なんだね。

五本木　ここにお面があります。これをつければ、彼とうり二つです。

五本木、お面をつける。

向原　彼が来ました。

医者　よし、かかれ。

みのすけ、来る。
皆、間違えて面をつけた五本木を殴る。
みのすけ、素通りして去る。
暗転。すぐに明転。
医者達、いる。

医者　よし、今度こそ、うまくやるように！
五本木　先生、私にいい考えがあります。
医者　んー、なんだ。
五本木　私達三人が、これをつけて彼を待ち構えます。

三人、面をつける。

医者　ん、それで。
五本木　目くらましです。
医者　それだ！
向原　来ました！

みのすけ、来た。

医者　ん、かかれ!!

いっせいに看護婦三人が殴り合いを始める。
暗転。すぐに明転。
医者達、いる。

医者　お前はもういい。

五本木　私にいい考えがあります。

医者　今度こそ、うまくやるように。

間。

五本木　私にいい考えがあります。

医者　（なぜか再びとりあって）なんだ!?

五本木　今度は、全員がこれをつけます。

全員、面をつける。

上石　来ました！

みのすけ、来る。なぜか皆、逃げる。全員逃げ去って、暗転。
すぐ明転。
みのすけを先頭に、全員が先ほどとは逆方向に走ってくる。
向原、転ぶ。

上石　（気づいて）あっ！
五本木　向原さん！
医者　大丈夫か？

向原、お面を取るとそれは向原ではなく、見知らぬ男だった。

医者　誰だよ、こいつ！

男は、やおら五本木の首を絞める。

五本木　イヤー!!

暗転。

父の声　結婚!?

という声で明かりつくと、父、母、おじ、おばの前に、奈津子と、仲むつまじい風のエチオピア人の山之内がいる。

母　結婚て、こ、この方と!?
おじ　奈っちゃん、それはチョベリグ駄目だ。
おば　そうよ、大和なでしこなんだから、やっぱり日本男児とね、
奈津子　（遮って父母に）お腹の子供のこと言ったら山之内さん、それならエチオピアに帰るのやめて、一緒にこの家に住んでくれるって。

母　エチオピ……

父　一緒に住むったって、お前なぁ、（と言ってからハッとして）

父・母　お腹の子!?

浩一、（眼帯したまま）来た。

浩一　（山之内を見て）あ、あんた写真の。

山之内　（かたことの日本語で）シアワセニシマス。

皆　……。

やりきれなくなったおじが、浩一を殴る。

暗転。すぐに明転。

医者達、走って来て、

医者　くそー、比留間め！

上石　先生。

医者　ん。

上石　私にいい考えがあります。

医者　お、なんだ?

上石　比留間が走って来たところにバナナの皮を投げて、ころんだところを先生がつかまえるんです。

医者　バカ、今時バナナの皮なんかでころぶ奴いるか。

向原　そんなことありませんわ。
五本木　上石さんは、院内でも一番の皮投げ名人です。
医者　何！　そんなにすごいのか！
看護婦達　はい。
医者　うーん、よし、それじゃあやってみろ。
上石　はい！　来ました！
医者　よし、かかれ！

みのすけ、来た。

五本木　がんばって！
上石　それ。（とバナナの皮を放る）

みのすけ、ころんだ。

みのすけ　いてててて。
医者　すごい本当だ……
向原　さ、先生。
五本木　つかまえて下さい。
医者　う、うむ。（つかまえに行く）
上石　それ。（バナナの皮を医者に放る）
医者　うわー。（ころぶ）

その間に、みのすけは逃げる。

医者　あ、逃げた！　みんなつかまえろ！
向原・五本木　はい！
上石　それそれ（放る）
向原・五本木　うわー（とか）キャー（とか言い、ころぶ）
医者　おのれ上石、何を。（する）
上石　それ！（放る）
医者　うわー！（ころぶ）
向原・五本木　上石さん！
上石　それそれ！（放る）
向原・五本木　うわー！
上石　ホーホホホホホ。（笑う）

三人、立ち上がり、上石に向かって行くが、

上石　それそれそれ！
三人　うわー！
上石　ホーホホホホ、それそれそれそれ！（次々と投げる）

皆、すべって立ち上ることすらできない。

医者　すごいぞ！　すごいぞ上石くん！

暗転。

神父の声　健やかなる時も、病める時も、永遠に、愛しつづけることを誓いますか？

間。

奈津子の声　山之内さん!?　山之内さん！

明かりつくと山之内、倒れていて、周囲には奈津子、神父、医者、父、母、おじ、おば、浩一、千絵、今津。

医者　……心臓マヒです。
奈津子　山之内さーん！（号泣）

思わず笑う浩一を殴る父。
父を殴るおじ。
おじを殴る母。
おばが母を殴ろうとするが逆に殴られてしまう。
なぜか医者を睨む母。
たじろぐ医者。
暗転。すぐに明転。

みのすけ、走って出てくる。
医者達、出てきて左右を囲む。

みのすけ　しまった！

暗転。
明転すると、何事もなかったかのようにみのすけ、走っている。

みのすけ　危機一髪だった……

銃を構えた医者達、出てきて左右を囲む。

みのすけ　しまった！

暗転。
明かりがつくと、何事もなかったかのようにみのすけ、走っている。

みのすけ　一時はどうなるかと思った……

マシンガンを持った医者達、出てきて左右を囲む。中にはバズーカ砲を持った者もいる。

みのすけ　しまった！

皆、みのすけめがけていっせいに発砲する。

みのすけ、撃たれて倒れる。
暗転。
明かりがつけば想像通りみのすけ走っている。

みのすけ　死ぬかと思った……

暗転。
闇の中、波の音。
明かりがつくと、そこには脱出の成功に歓喜する、みのすけと四人の患者達。

みのすけ　外だー、外に出たんだ、みんなやったぞー！
皆　やったー！
みのすけ　見ろ！　海だぞ！
皆　海だ!!
岬　(牛乳瓶をかかげ、まるでそれが品川先輩であるかのように）品川先輩、海ですよ！
みのすけ　俺達は自由だぞ！
皆　自由だ!!

全員、転げまわったり飛びはねたりして大騒ぎ。

みのすけ　みんな、自由になったんだ。これから何をしたい？　丸星、何をしたい？
丸星　そうだなぁ、銭湯に行きたいな。でっかい風呂につかって鼻唄でも唄って。五、六年風呂に入ってないからな。
みのすけ　ああ……杉田は？
杉田　ボキは、丸星くんとコンちゃんと三人で、キノコの仲間のしいたけちゃんを食いに行きますのん。(怪訝そうな丸星の表情に気づいて、おそるおそる) ダメですか……？
みのすけ　コンちゃん？
丸星　(笑顔になり) いるんだよ俺達の友達に、(杉田に) な。
杉田　(笑顔で) はい！
皆　(笑う)
みのすけ　宝田は？
宝田　アメリカへ行って、ズルをする！　外人の肩をたたいて、振り向きざまに〝イギリス生まれです〟って言うんだ。相手は何言ってんのかわからないし、こいつは愉快だぞ。
皆　(笑う)
みのすけ　ジジイの岬は？
岬　僕は、若返りエステに行きます。
丸星　うん、お前は絶対行ったほうがいいよ。
杉田　くったくんは？
みのすけ　俺？　俺は……そうだな……家に帰ろうかな……
丸星　そうだな……
皆　(頷く)
杉田　(笑顔のまま) でも、どうせみんな、もうすぐ死ぬのね。

全員、ピタリと止まる。

みのすけ　（ムリヤリ笑って）あんなヤブ医者の言ったことなんか、あてにならないさ……そうだろ？　……そうだろ？

丸星　……そうだ。

皆　（ムリヤリ笑って、いまひとつ元気なく）そう……だ……

みのすけ　それより、みんな海に入らないか。気持ちいいぞ。

宝田　やだよ。着替え持ってきてないし、パンツ濡れたら気持ち悪いよ。

みのすけ　そうか……。でも、ヒザまでなら大丈夫だろ。な。さ、入ろう。

宝田　だめだよ、やだよ。

みのすけについて岬、杉田、丸星、靴を脱いで海へ入る。

岬　ジャブジャブジャブジャブジャブ。

宝田もおそるおそる海に入って行った。

宝田　ジャブジャブ……ジャブジャブ……

杉田　あきゃ！　ちべてぇ！　丸星くん、ちべてぇどん！

丸星　平気平気。ヒザまでだったら。このくらいガマンしろよ、溶けやしないんだから。

宝田　ドロドロドロドロ。

丸星　溶けてる！

波の音、大きく。

みのすけ　どういうことだ!?

岬　忘れてた！　宝田は塩分厳禁の突発性非保持菌天性免疫不全アルデステロイニ……（掌《てのひら》に書いた病名を読む）。

宝田　そんなに長い病名を言っている間に溶けて行くー。

皆　宝田！

岬　溶けるな、宝田！　わしにつかまるんじゃあ！

丸星　ん？

杉田　わしって言ってますね。

みのすけ　あ！　岬がみるみる老けてゆく！

岬、すごいスピードで老化してゆく。

岬　え、なんてゆうた？

三人　耳が遠くなってる！

宝田　ドロドロドロドロ。

みのすけ　宝田！

岬　宝田？　宝田って誰じゃ？

三人　ボケた！

宝田　僕だよー。僕だよー！　わー！

三人　溶けきった！
杉田　宝田……。
岬　(手にした牛乳瓶に気づいて) なんじゃ、この牛乳瓶は。空《から》じゃないか。
丸星　品川先輩だよ！
みのすけ　しっかりしろ、岬！
杉田　岬くん！
岬　なんじゃ、こんなもの。

牛乳瓶を投げ捨てた。

皆　あ!!

瓶は粉々に割れた。

岬　フン!!

急激に、岬は年老いて行く。

丸星　ヨボヨボだ！

去って行こうとする岬に皆、声を掛けるが、

岬　来るな！　来るな！　近寄るんじゃない！

岬、去り際にことときれた。

皆　岬（くん）！
みのすけ　老衰だ……
杉田　岬くん……

続けざまに二人の仲間が死んで、残されたみのすけ、丸星、杉田はうち沈む。
そこへ、医者と看護婦三人が走ってやって来た。（先程のショートコントとはうってかわって、ごくごくまっとうに、リアルなトーンで演じられること）

医者　いたぞ！　こっちだ、海の中だ！
みのすけ　ちくしょう、見つかった！
上石　比留間さん！　よしなさい！
五本木　バカなこと考えるのはやめて、戻って来なさい！
みのすけ　戻らないぞ！　絶対、戻らない。（丸星と杉田に）戻らないよな。
丸星　ああ、戻ってたまるか！
杉田　ボキも戻ってたまるか！
向原　心臓麻痺でも起こしたらどうするんです！
みのすけ　うるさい！　ガンパンパ星人め！
医者　ガンパンパ星人？
上石　そうだったんですか？

医者　バカ言ってんじゃないよ。
みのすけ　殺したければ殺せ！　死んでも戻らないぞ！
医者　殺す？　何をバカなことを。
五本木　私達がそんなこと考えるわけないでしょ！　さぁ、戻ってくるんです！
みのすけ　信じないぞ！　信じないよな。
丸星　ああ、信じない。
杉田　ボキも信……

杉田、倒れ込んだ。

丸星・みのすけ　杉田！
医者　誰だ、杉田って？
上石　さぁ……

みのすけ、杉田を助け起こした。

みのすけ　杉田！　大丈夫か!?
杉田　（ぐったりして）丸、丸星くん。
丸星　杉田！　死ぬな！　死ぬんじゃないぞ！　俺だってこんなに……

丸星、傷みが走った。

みのすけ　丸星……！

◉
「戻らないぞ！　絶対、戻らない」

丸星、〝杉田にバレぬように〟とみのすけに目くばせして、傷みをこらえる。

杉田　（ぐったりしたまま）丸星くん……どうしたのん……？

丸星　ううん。なんでもないよ……しっかりするんだ、杉田……自由になれたんだぞ……しいたけちゃん食えるんだぞ。

杉田　しいたけちゃん……キノコのなかまの……？

丸星　そう、キノコの仲間の。

杉田　丸星くん、聞いてくれろ、くったくんもね。

丸星・みのすけ　（口々に）なんだ、どうした。

杉田　ボキ、窓からモモの実の最期のしとつが落ちるのを見ましてん、考えましてん。

みのすけ　モモの実？

丸星　バカ、へんなこと考えるんじゃないよ。

杉田　〝すべてのモノは、地球の中心に向かって引《し》きつけられてるのんではないかしらん〟と考えましてんけど、ヘンかしら。

みのすけ　引力だ……

丸星　お前、引力を発見したのか……

杉田　ハイ、そりを発見しましてん。ハハハ。（と、力なく笑う）

丸星　偉い、偉いぞ……

みのすけ　ノーベル賞ものだ……

上段に、父と医者が現われる。

父　それで……父の病状は？

医師　はい、脳梗塞の悪化に伴って、痴呆症化がかなり進んでいます。

父　去年の夏は、面会に来た私と家内に、あんなに楽しそうに冗談を言ってたのに。

医師　今や、自分が何歳で、どこにいるのかすら判断できないようです。

父　……。

医師　申し上げにくいのですが……肝臓のほうもだいぶ病状が進んでいます……黄疸《おうだん》もひどいし、腹水もたまってきています……間もなく昏睡状態に入るでしょう……このままだと、今年一杯、もつかどうか……

父　そうですか……

丸星、倒れ込む。

みのすけ　丸星！

杉田　丸星くん、食いに行こうよ。丸星くん、しいたけちゃんを、キノコの仲間の、しいたけちゃんを食いに行こうよ！

丸星、死んでいる。

みのすけ　丸星……

杉田　丸星くーん！

みのすけ　杉田、丸星は。
杉田　死んでない！　丸星くんは死んでないどん！　丸星くんは！
みのすけ　杉田……
杉田　丸星くーん！
みのすけ　よし、逢いに行こう……杉田……俺の肩につかまれ。

みのすけ、杉田を抱きかかえ、海の中を進む。

父　（海を行くみのすけを見て）……父さんが。
医者　（同じく）比留間さん。
父　死ぬ気だ！　父さん！　止まれー！
杉田　丸星くーん！
みのすけ　すぐに逢える。杉田、すぐに逢えるぞ。
杉田　くったくん……ありがと……丸星……（息絶える）
みのすけ　メリィ……
父　父さーん！

波の音、高鳴って溶暗。
みのすけのナレーション。

みのすけの声　どれほど歩いたのでしょうか……気がつくと僕は、来たこともない場所に辿り着いていました……来たこともない場所、つまり、言ってみれば、田端《たばた》とか鶯谷《うぐいすだに》とか、そういった場所です……

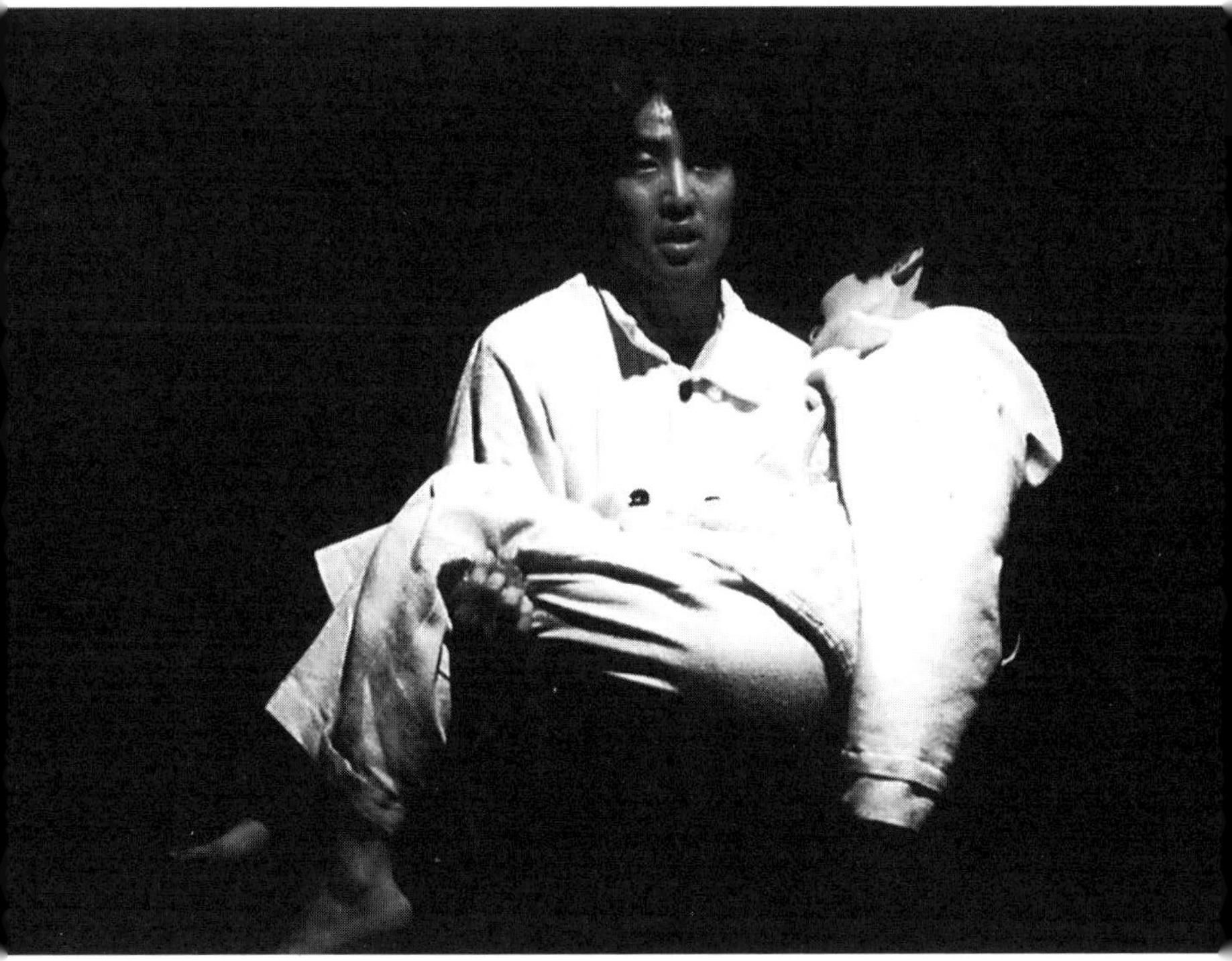

◉
「すぐに逢える。杉田、すぐに逢えるぞ」

8

そこは天国だろうか。
白い煙のたちこめた不思議な空間に、比留間みのすけ氏は迷い込んだ。
笑い声とともにやけにアメリカンで若造りの父と母が現われる。

母　駄目だってばジョン。
父　おいでハニー。
母　駄目だってばジョン。
父　おいでハニー。
母　駄目だってばジョン。
父　おいでハニー。
母　駄目だってばジョン。
父　おいでハニー。
母　駄目だってば……（不意に）ジョンたら！

二人、抱擁。

父　ハハハハハハハ（過剰に笑う）。

母　いいウィークエンドをありがとうジョン、素晴らしかったわ。ねぇ、またなんかジョークを言って。
父　ドイツから移民してきたばかりのユダヤ人が海水浴へ行った。
母　（まだ全然オチてないのに）アハハハハ！（飛びついて）ジョンておかしい。
父　火をつけてあげる。じきに身体中《からだじゅう》の血が燃えたぎる。
祖父　父さん、母さん。
父　やあ、ガーファンクル。
祖父　え。
母　あなたはこっちじゃ、ガーファンクルよ。
祖父　僕がガーファンクルだとしたら、サイモンは？

間。

父　ア……ハハハハ……

三人、無理して笑った。やけにアメリカンな様子で奈津子、来た。

奈津子　楽しそうね。
母　ハイ、エリザベート。
奈津子　ハイ、ママ。
父　ハイ、エリザベート。
奈津子　ハイ、パパ。
祖父　ハイ、姉さん。

奈津子　ハイ、ガーファンクル。
祖父　僕がガーファンクルだとしたら、サイモンは？

奈津子、笑わない。

奈津子　八マイル先の十二番街のニューハンプシャーのパーキングの裏に、一インチもあるルビーの指輪を売ってるジュエリーショップが出来たの。
祖父　姉さん、誰に話してるの。
母　ミートパイが焼けてるわよ。エリザベート、あら大変。もう巣鴨の次よ。
父　どてっ腹か。ハハハハハ。

皆、ハハハハと笑って去った。
祖父だけがとり残される。

祖父　ハハハハハハ。

その笑いにかぶって、

みのすけの声　ハハハハハハ。夢ってなんだかわからない……巣鴨の次でみんなは降りて、残された僕は一人でどうすればいいのでしょう？　途方に暮れた僕はそのまま夢が覚めるのを待ちました……

間。祖父、立ちすくんで夢が覚めるのを待つ。

みのすけの声　でも、いくら待っても夢は覚めちゃくれません。それもそのはず、僕は本当にガーファンクルだったのです。その時――――。

ピアノの不協和音が響く。

それはやがて歌の伴奏になる。

エチオピア人の山之内が現われ、祖父に向って唄い始める。

山之内　肝臓ガン　九割方なおらない

切除してもすぐに再発

かなり死ぬ　すぐに死ぬ

気がついた時にはイッツ・トゥ・レイト　2　3　4

やがて、一人ずつ現われた登場人物達が唄に加わり、唄い、踊る。

直腸ガン　結腸ガン　大腸ガン

いずれにしろ人工肛門

下腹部の痛み　走ったら

八割切ってもイッツ・トゥ・レイト

杉田が現われる。丸星が現われる。

岬が、宝田が、品川が現われる。

皆、祖父と笑顔で再会する。

祖父の分身であるみのすけも現われて、祖父と二人で唄い、踊る。

寝違えた首はちょっと動かない
動かすととても痛い
二、三日するとかなり良くなる。
七日後には忘れるグッバイ
つめのあか煎じて飲んだらゲリをした（コーラス：グッバイ）
足の皮ごはんにかけたらまずかった
かさぶたいっぱい集めたら　かさぶたのジグソーパズル出来たぁーい

医者や看護婦達、その他の登場人物達も全員出てきて唄う。踊る。

ぼく達は一〇〇年後にはもういない
いたとしてもかなりヤバイ
いつか死ぬ　きっと死ぬ
人間の死亡率一〇〇パーセント

巣鴨の次　内回りは大塚（ラララ……）
巣鴨の次　外回りは駒込（ラララ……）
巣鴨の次　縦回りどてっぱら（代々木上原）
巣鴨の次　腰回りがこったら（東松原）

ラララララ……

コーラスのなか、みのすけが観客に語り始める。

やがて緞帳がゆっくり降りてくる。

みのすけ　これでこの物語はおしまい。人生とはおそろしい冗談のようなものです。これからガーファンクルとして新しい人生を歩むことになった僕ですが、果たしてガーファンクルの僕にはもう一度カラフルメリィの声で目を覚ます朝がやってくるのでしょうか。その物語はまたいずれ。ヘミングウェイも言っています。もし長い年月とか、人生の残りとか、今から先というものがなく、ただあるのは今だけだとすると、この今というものこそ讃えるべきものであり、（緞帳が閉まってしまい）おい！

音楽の続く中、世界はゆっくりと閉じられる。

了

あとがき

初演は一九八八年だから、二五歳の時だ。体重は今より二〇キロは少なかった。バンド活動を生業にしながら、ふざけ半分、いやふざけ全部で劇団を旗揚げして三年目、六本目の舞台だった。三年目にして、早くもミイラとりは完全にミイラ化し、ふざけは微塵もなくなっていて、その本気さが少しだけ恥ずかしかった。

公演中に父が死んだ。ほぼ予定通りと言っていいだろう。その三年ほど前、つまり劇団を始めた年に医者が私に宣告した通りの年月を、父はもちこたえたわけだ。

稽古中の現場は演出を買って出てくれた同志・手塚とおると役者達にまかせ、私は一人、狭くて息の詰まりそうな病室で、深夜、父のうわごとと、なんか呼吸に合わせて動くキカイの音と、その時の私にはインチキ臭さの象徴のように思えたやはりなんかの医療機器のピッピコピッピッピコという音を聞きながら台本を書いた。数ヶ月前から、六〇手前にしてボケてしまっていた父のおもしろ語録を記録したノートとにらめっこしながら、そのいくつかを台詞として台本に落とし込んだ。

書きながら、父のありようをネタにすることで、まるで自分がペンによって父の命を少しずつ吸い取ってしまっているような気がしたものだが、さりとて他に書くべきことは思いつかなかった。

公演中に行なった告別式には、あたりまえだが喪服を着て犬山イヌコやみのすけや手塚とおるや大堀こういちら劇団員が来てくれて、その姿を見た私は感激しながら、初めてみんなのことを大人として見た。妙な話だが、喪服姿の彼らは、それまでの彼らよりずっと頼もしく見えたのだった。以来、私は彼らと大人のつきあいをしているつもりなのだが、他の人の葬列で彼らと同席しても、別段頼もしくは思えないから不思議だ。

父の死を一本の作品にしてしまって以来、私はすっかり開き直った。自分の身に起こった不幸や親しい人の身にふりかかった災難は、即座に作品の種にしてやろうと考えるクセがついた。おかげで今の私は、大抵の困難に打ち勝てる。はるばるベルリンまで出掛けて行って数百万の自腹を切った自主映画で、カメラの故障によってすべてのフィルムがピンボケでただのゴミにしかならなかった苦い体験は、『カメラ≠万年筆』という芝居と映画『1980』のネタにして、回収した。具体的に公言できるのはそれ位だが、様々な苦境が現在の私の作品を支えてくれている。

だから、ってこともないが、きっかけを作ってくれたという意味で、

「おとおさん、ありがとう」

みたいな。

初演の台本は、当時の日記と併録され、『私戯曲』のタイトルでJICC出版局（今の宝島社）から出版された。当然とっくの昔に絶版になっている。

再演は九一年。初演を大幅に書き直し、自分の演出で上演。今回この本に収録した戯曲はこの時の版に基いている（ただし写真は三演時のもの）。とは言っても、三度目の上演

となった九七年には、ほとんど加筆も訂正もしなかった。

四演目となるこの春、稽古初日、この九一年版を役者全員で本読みしてみて、最近の自作とのあまりの隔たりにギョッとした。

まず、ト書きがやたらと多い。ゲラに赤を入れる際に少しは削除したが、それでも近作の三倍はある。ト書きたい年頃だったのだろう。

ト書きに無駄が多い反面、会話はいたってシンプルだ（自作比）。最近は無駄話に上演時間の半分は費やしていると伝えられる私だが、この作品の台詞は必要最小限におさえられている（あくまで自作比）。

そして登場人物達のなんというイノセントぶり。それはそのまま、描かれている世界をも透明感のあるものにしているのではないか。ギャグにしても、なんというか、まっすぐだ。ガツガツしてない。ひねりがないと言われればまったくその通りだが、今の自分にはこのひねりのなさがグッときてしまう。台詞もぎこちないし説明的だけれど、現在の私にはとうてい書けない台詞ばかりだ。
二、三年前の自作台本は恥かしくてとても読めないのに、十五年前に書いたものになると、こうして、なんだか当時の自分の頭をなでてやりたいような気分になるのだった。自画自賛申し分けない。
もちろん、口が裂けてもこれが私の最高傑作だとは言えない（この本の帯にはそう書いてあるが）。言いたくもない。が、エンゲキニン生活最初の10年の中にあって特別な一作であるのは間違いないし、もう二度と書くことの出来ない類の作品であることも否定できない事実だ。

最後に、お約束だからというわけではまったくなく、これまでの四演に及ぶ『カラフルメリィでオハヨ』を支えてくれたスタッフとキャスト達、そして、出版を快諾してくれた白水社の和久田氏に心を込めて謝意を述べる。戯曲は本当に売れない。売れないのを通り越して、私が買ってるような気持ちになる。よくわからないことを書いてしまった。買ってくれたあなたにもありがとうと言いたかっただけの話だ。

二〇〇六年　三月

ケラリーノ・サンドロヴィッチ

上演記録

劇団健康　第6回公演『カラフルメリィでオハヨ〜いつもの軽い致命傷の朝〜』
１９８８年８月24日〜31日（東京：下北沢・ザ・スズナリ）

作　ケラリーノ・サンドロヴィッチ　演出　手塚とおる

キャスト
ヒルマミノスケ＝みのすけ、メリィ（朝賀メリィ）・メメコ＝新村量子、丸星・ヤクザ・祖父＝藤田秀世、杉田・姉・犬・メメコの父＝犬山犬子、医者・父＝まつおあきら、宝田・眼太・居候・ランボー3＝大堀浩一、老後のミノスケ＝手塚とおる、上石・母＝立野みちよ、アメンホテップ四世＝三宅弘城、ヘザバ・天使・看守＝岩崎秀樹、患者の少女ひとみ＝榎本奈津美、看護婦＝島地みさお、ヘッド・エレベーターの中の男＝ケラ、岬・通訳・ハートカクテラー・猿＝加藤賢崇

スタッフ
舞台監督＝二本松武（OFFICE MECHANICS）、照明＝渡辺良一、音響＝ＭＯＫサウンドプロジェクト、宣伝美術＝片岡由紀 with KERA、衣装＝TOKONE&PAN、制作＝東都久美子

健康　第12回公演『カラフルメリィでオハヨ～いつもの軽い致命傷の朝～』

１９９１年7月17日～22日（東京：下北沢・本多劇場）

作・演出

ケラリーノ・サンドロヴィッチ

出演

みのすけ＝みのすけ、杉田・千絵＝犬山犬子、丸星・おじ＝藤田秀世、父＝手塚とおる、宝田＝大堀浩一、岬・三宅＝三宅弘城、医者＝まつおあきら、上石・おば＝峯村リエ、母＝今江冬子、山之内＝ケラ、奈津子＝秋山奈津子、祖父＝山崎一　ほか

スタッフ

舞台監督＝小林潤史、照明＝渡部良一（テイクワン）、音響＝モックサウンド、舞台美術＝磯田央、衣装＝尾島千夏子（株式会社サイボーグ）、海老根啓公、宣伝美術＝鳥井千尋、制作＝東都久美子、倉本恵理、江藤かおる

ナイロン１００℃　10th ＳＥＳＳＩＯＮ『カラフルメリィでオハヨ'97〜いつもの軽い致命傷の朝〜』
１９９７年４月11日〜13日（大阪：近鉄小劇場）
４月20日〜５月３日（東京：下北沢・本多劇場）

作・演出
ケラリーノ・サンドロヴィッチ

キャスト
みのすけ少年＝みのすけ
みのすけ老人＝山崎一

丸星＝三宅弘城
杉田＝犬山犬子
岬＝清水宏
宝田＝工事現場２号
品川先輩＝入江雅人
父＝入江雅人
母＝今江冬子
娘　菜津子＝松永玲子（Ａプロ）
澤田由紀子（Ｂプロ）
居候　浩一＝工事現場２号

医者＝大倉孝二
看護婦　上石＝峯村リエ
看護婦　五本木＝村岡希美
看護婦　向原＝今江冬子
医院長＝廣川三憲
不眠症の少女＝仁田原早苗
ロボット＝廣川三憲

伯父＝清水宏
伯母＝長田奈麻
娘の友人　男＝今津登識
娘の友人　女＝松永玲子（Bプロ）
　　　　　　澤田由紀子（Aプロ）

写真部　左門＝三宅弘城
　　　　A＝大山鎬則
　　　　B＝犬山犬子
　　　　C＝峯村リエ
　　　　D＝長田奈麻
　　　　E＝仁田原早苗

山之内＝KERA

◉本公演は「娘　菜津子」役と「娘の友人　女」役が松永玲子と澤田由紀子のダブルキャストとなっております。

スタッフ

音楽＝中村哲夫＋ＫＥＲＡ
舞台監督＝野口毅
舞台監督助手＝茂木令子、藤井純子
音響＝水越佳一（モックサウンド）
音響助手＝佐藤史子（モックサウンド）
照明＝関口祐二（Ａ．Ｐ．Ｓ）
照明助手＝田中雅子（Ａ．Ｐ．Ｓ）
美術＝磯田央
衣装＝高本真由子
衣装助手＝上田まゆみ
衣装協力＝尾島千夏子
振付＝峯村リエ
宣伝美術＝高橋歩
宣伝写真＝中西隆良
スライド製作＝山本真祐実
スチール＝落合星文
大道具制作＝C-COM
歌唱指導＝みのすけ
演出助手・スライド製作＝タイチ（静かの海）

パンフレット編集＝佐藤信子
制作助手＝梅林市子
制作＝江藤かおる
製作＝シリーウォーク

協賛

ベネッセコーポレーション、演劇ぶっく社、ロードランナー・ジャパン

協力

オフィスⅢ's、MMK、夢工房、小林巽、カツラ珪、中西理、田中里津子、東都久美子、江馬小百合、坂本健、自転車キンクリーツ、サードステージ、遊園地再生事業団、R.U.P、パブロフ、山の手事情社、Bunkamura、グリマンデルと工事現場2号、ヘブンリーバンブー、ワークスクリエイティブ、デメソロマッシヴゲート、自由劇場21、大人計画、黒テント、演劇ぶっく社、イースト、ピクチャーディスク

ナイロン100℃　28th SESSION『カラフルメリィでオハヨ～いつもの軽い致命傷の朝～』
２００６年４月７日～30日（東京：下北沢・本多劇場）
５月４日～６日（大阪：ＩＭＰホール）
５月９日・10日（松本：まつもと市民芸術館）
５月16日（広島：アステールプラザ）
５月19日～21日（北九州：北九州芸術劇場）
５月24日（仙台：仙台市民会館）
５月28日（新潟：りゅーとぴあ）

作・演出
ケラリーノ・サンドロヴィッチ

キャスト
みのすけ＝みのすけ
祖父＝山崎一

父＝大倉孝二
母＝峯村リエ
奈津子＝馬渕英俚可
浩一＝小松和重

伯父＝廣川三憲
伯母＝村岡希美

今津＝喜安浩平
千絵＝植木夏十

患者・杉田＝犬山イヌコ
患者・丸星＝三宅弘城
患者・岬＝小松和重
患者・宝田＝市川しんぺー
患者・品川先輩＝廣川三憲

医者＝三上市朗
看護婦・上石＝村岡希美
看護婦・向原＝安澤千草

看護婦・五本木＝植木夏十
医院長＝廻飛雄
電気屋・１＝眼鏡太郎
電気屋・２＝廻飛雄

スタッフ
舞台監督＝福澤諭志＋至福団、舞台美術＝儀田ヒロシ、照明＝関口裕二（balance,inc,DESIGN）、音響＝水越佳一（モックサウンド）、衣装＝前田文子、映像＝上田大樹（INSTANT wife）、大道具＝C-COM舞台装置、小道具＝高津映画装飾、演出助手＝山田美紀（至福団）、宣伝美術＝山口崇、宣伝写真＝中西隆良、宣伝イラスト＝氷見こずえ、宣伝ヘアメイク＝山下まきえ・山本絵里子、舞台写真＝引地信彦、票券・広報＝土井さや佳、制作助手＝市川美紀・寺地友子、制作＝花澤理恵

協力
ホリプロ、ライターズ・カンパニー、オフィスサモアリ、猫のホテル、オフィスⅢ's、マッシュ、キューブ、大人計画、ダックスープ

著者略歴
一九六三年東京生
横浜映画専門学院（現・日本映画学校）卒
ナイロン１００℃主宰
主要著書
『フローズン・ビーチ』
『ナイス・エイジ』
『カフカズ・ディック』
『室温〜夜の音楽〜』
『すべての犬は天国へ行く』
上演許可申請先
（株）シリーウォーク
〒一五〇-〇〇三六
東京都渋谷区南平台町一二―一三
秀和第二レジデンス二二一号
電話（〇三）五四五八―九二六一

カラフルメリィでオハヨ
〜いつもの軽い致命傷の朝〜

二〇〇六年四月一〇日 発行
二〇〇六年四月二五日 印刷

著者 © ケラリーノ・サンドロヴィッチ
発行者 川 村 雅 之
印刷所 株式会社 三 陽 社
発行所 株式会社 白 水 社

東京都千代田区神田小川町三の二四
電話 営業部〇三（三二九一）七八一一
編集部〇三（三二九一）七八二一
振替 〇〇一九〇―五―三三二二八
郵便番号 一〇一―〇〇五二
http://www.hakusuisha.co.jp
乱丁・落丁本は、送料小社負担にてお取り替えいたします。

松岳社（株）青木製本所

ISBN4-560-03599-7

Printed in Japan